史街回响

庹震 著

新星出版社　NEW STAR PRESS

目录

1 / 序言

1 / 遥途	24 / 史师	50 / 恒产
3 / 正生	27 / 非凡	52 / 顿悟
5 / 善信	29 / 学术	54 / 遐想
7 / 公正	32 / 暖流	57 / 时变
9 / 毁誉	34 / 完善	60 / 史田
12 / 四心	37 / 向往	62 / 巅峰
14 / 概用	39 / 瑚琏	64 / 史品
16 / 译者	41 / 进退	68 / 贫富
18 / 古戏	43 / 务实	70 / 真言
20 / 对应	45 / 忠告	74 / 文风
22 / 不朽	47 / 标尺	77 / 始点

80 / 四友	111 / 道为	144 / 背景
82 / 顺势	114 / 同异	146 / 谪居
84 / 适劝	117 / 师者	148 / 表里
90 / 风尚	122 / 知人	150 / 自知
92 / 求实	125 / 慎处	152 / 记论
94 / 沿途	127 / 五人	155 / 聚合
97 / 误差	130 / 深邃	157 / 胸怀
99 / 无形	132 / 简繁	159 / 责任
101 / 感旧	135 / 官风	161 / 抱负
104 / 共识	138 / 文志	163 / 自醒
108 / 理财	141 / 智勇	166 / 向背

168 / 赏罚
171 / 再看
175 / 虚实
177 / 说听
180 / 用人
183 / 疑瑕
186 / 尚志
189 / 无名
192 / 秦俑
195 / 古人
198 / 践履

201 / 诗茶
204 / 山林
207 / 忽略
210 / 同船
212 / 士赞
215 / 言行
217 / 见微
219 / 乐本

序言

人生一世，只在史街一程一段。身处某一时空，近见远望，"见到"的只是"局部"，甚至只是"边角"。更多的"未见"，或在"从前"，或在"身后"，隐藏于远山瀚海，莫测其高，难量其深。这种客观上的"局限"，对每个人都是公平的。而人与人作为上的差异，一定是另有一番根因。

史街蕴涵着无限的奇光异彩。千百年前的预言，过了许多的春夏秋冬，变成"现实"、"事实"、"真实"，竟赫然出现在世人眼前：在那么久远的时候，有人就能见微知著，看到了当时谁都懵然不知的"前景"。微尘里察觉千钧，必是大有大无的境界。

史街风云际会，变化万千。水、土、火各有其性，土克水，水克火，似不相容。而土加水成泥，泥塑成形置于火中，陶瓷终成，水土火相生。看似矛盾之物，相克之外，还有相生，"合和"在一起，物理重组和化学反应，竟可出彩出新，焕然闪亮。善治者，无论遇有多少矛盾，都能收获"合和"的硕果。

对个人来说，在某一时空与他人同处相识的机会稀少珍贵，摆脱孤单和寥寂而相知共事成业则更为不易。

满树的花朵，开自一缕春风。遍地的落英，因是一场骤雨。万物来去，由因而果，由果而因，简单而又复杂。旧的一幕刚落，新的一幕又启。千年万载，川流不息，转换不止。许多人，许多事，许多因，许多果，"看见了"，不一定"看仔细了"、"看清楚了"、"看明白了"；"听见了"，不一定"听仔细了"、"听清楚了"、"听明白了"。当世之人，有"看"的时间，有"听"的机会，但许多客观和主观因素，使"易"变"难"，"咫尺天涯"是常见现象。"后人"，有了更多的"看"和"听"的时间和机会。

历史的纵向演进、横向迂迴，有一种现象值得深思：在史街的平直处、平淡时，往往引不来关注的目光。而转弯处，尤其是转大弯、转急弯的地方，往往生发奇异的壮剧大戏。总有一些人，忧民生，治沉疴，匡乱世，不惜气力甚至生命，涉险境，赴刀山，下火海，所作所为、所说所言，惊天地，泣鬼神，震人寰……青山忠骨，江河丹心。他们甘心负累，善作大为,虽只一生一世,却是万年不朽。

　　从远古,到如今,千难万险,荆棘丛生,洪水猛兽,疾病战乱,人类缘何仍能繁衍、生息、兴旺?这是事实:真善美的一切,一切的真善美,面对艰难险阻,一直成为主选、处于主位,而假恶丑的一切,一切的假恶丑,始终被大多数人识破、丢弃。人际间有纷争,但更多的是同和;有怨恨,但更多的是爱怜;有别离,但更多的是相聚;有忧愁,但更多的是欢愉;有分歧,但更多的是共识;有猜忌,但更多的是信任;有疑惑,但更多的是清醒……正因为积极面"更多",且成主流、主导,便足以让人类生存、让文明延续。

遥途

> 无穷宇宙,苍茫大地,谁生谁死,谁主沉浮?与其说老子看见了什么,想明白了什么,不如说老子更希望多看到什么、多想明白什么。

《老子》开篇,讲了这么一番话:"道可道,非常道;名可名,非常名。无名,天地之始;有名,万物之母。故常无欲,以观其妙;常有欲,以观其徼。此两者同出而异名,同谓之玄。玄之又玄,众妙之门。"哲人讲"道"、"名",我们今天去揣想,找准其字里行间的原意和内涵,恐怕已十分困难了。"接近"的可能是存在的,在理解上的"递减"似乎难以避免。比如文中"徼"字,陆德明《经典释文》中说:"徼,边也。"老子此处用"徼",指的究竟是不是"边"的意思,硬照"边"的意思去求解,很可能也只是"接近"的境界。讲"天地之始",说"万物之母",在老子的内心世界,抱着的是一种"百分之百的清清楚楚",还是比普通人看得高一些、深一些、远一些、透一些,但仍怀有一定的困惑而在苦苦求索?"玄之又玄"的表述,已经透见了老子自己面对天地间的风云际会也在凝望浩瀚星空,长思世间的万千物种从何处来又往哪里去。有人认为"清静无为"是老子学说的主体。这是浅见。"水善利万物而不争",老子的"为"与"不为"思想就隐含其中。无穷宇宙,苍茫大地,谁生谁死,谁主沉浮?与其说老子看见了什么,想明白了什么,不如说老子更希望多看到什么、多想明白什么。

　　老子逝去,且已过了许久,但后人一直惦念着他。这种共鸣缘何产生?仔细想来,老子欲探知的问题,其实也是众生的心结:我们从哪里来,将往哪里去?正如唐朝诗人张若虚在《春江花月夜》中所问:"江畔何人初见月?江月何年初照人?"这是诗人的叹问,更是天下人的疑惑。以此想,老子函谷关临别前,真的是对天下人有了交代。老子完成了一些求解,但老子自己也走在求解的路上,函谷关不过是路上的一个驿站。

正生

> 相当一部分"规矩"、"约束",其实都是在"养护"其根基。从"鉴"到"正",再到"正生"、"正众生",成为一种理念的递进和上升。

《庄子》载:仲尼曰:"人莫鉴于流水,而鉴于止水。唯止能止众止。受命于地,唯松柏独也正,在冬夏青青;受命于天,唯尧、舜独也正,在万物之首。幸能正生,以正众生。"这番话,与其说是在讲道理,不如说是在提问题。同一江河之水,缘何"动"不能成为"镜鉴","静"则成为"镜鉴"?同一方土地,缘何松柏可冬夏常青,而其他树木秋冬会黄叶凋零?同为天地养育之人,缘何有人成为受人爱戴的尧舜,而有人却成为于社会无益而有害的人,甚或千古罪人?

古往今来,人类经历过许多劫难和危困。从荒凉到繁华,从废墟到重生,人类在变迁和移转中渐知渐识自身在大自然中的位置，越来越懂得珍惜真善美的一切。相当一部分"规矩"、"约束"，其实都是在"养护"其根基。从"鉴"到"正"，再到"正生"、"正众生"，成为一种理念的递进和上升。

"正众生"者，须先"自正"。如何"自正"？要靠修养。在同一方土上，生长出品质不同的树木，遇冷寒而有不同的表现，关键是品质，是松柏具有抗御严寒的内在品质。作为个人，如何赢得芸芸众生的信赖和支持，关键也在于内质，即品德、才智。"正众生"的含义，绝非"居高位"那么简单。能率万民、受拥戴者，必谋天下之利之益，且是大利长益。

善信

> 人若善信，可以太阳、月亮、星辰为榜样，始终奉献光亮而无怨无悔。

老子说："圣人无常心，以百姓心为心。善者，吾善之；不善者，吾亦善之；德善。信者，吾信之；不信者，吾亦信之；德信。"这段话里有三个"心"字，五个"善"字，五个"信"字，两个"德"字。里里外外，讲的是一种政治品德，价值取向，思想境界。"圣人"之心，要与百姓之心相连。对于政治家而言，怎样才能做到与百姓心心相连？百姓的冷暖，百姓的喜怒哀乐，百姓的所思所盼所望所愿，百姓心里的这一切，怎样被"圣人"所知所察所觉所感，又怎样变成了"圣人"之心？大禹治水，解百姓忧患，用行动表明，"圣人"之心同于百姓之心。

对待"善者"、"信者"，用"吾善之"、"吾信之"的态度，好理解；对待"不善者"、"不信者"，用"亦善之"、"亦信之"的态度，似乎不好理解。这是"品德"的胜利，是"品德"的升华。怎样能够做到呢？对于万万千千的众人来讲，如果都能如此有胸怀、有涵养，实在不容易。人若善信，可以太阳、月亮、星辰为榜样，始终奉献光亮而无怨无悔。其实，人世间的主流、主导力量，总能在历史的紧要关头，无情地碾碎一切邪恶，让真善美闪出希望之光亮，指引人类继续前行。

公正

"天道"无形而有力，作为个人，触犯了"天道"，必然会受到纠正和惩戒。"天道"的力量源于天下的百姓。

《淮南子》中讲"天下有三危"："少德而多宠，一危也；才下而位高，二危也；身无大功而受厚禄，三危也。故物或损之而益，或益之而损。"这"三危"，实际上是给为政者的某种提醒。

《论衡》中有"德不优者，不能怀远；才不大者，不能博见"之句。有一些人，品德不佳，能力不够，却拥有了不应拥有的东西，不论是荣誉还是权位、待遇，不仅不是好事，反而会带来危险。因"得"而"失"，是"天道"的法则使然。"天道"无形而有力，作为个人，触犯了"天道"，必然会受到纠正和惩戒。"天道"的力量源于天下的百姓。有人会认为"天道"的"纠正"与"惩戒",有时会迟晚,一些人好处已经拿到手了,甚至已经享用很久了,"纠正"和"惩戒"才到位,结果并不"公正"。这种情形,有时确实存在,且让人愤愤不平。纵观历史之来去,"得道多助,失道寡助"总是根本。其实,"危"的显现,往往有个过程。当下的"危"与将来的"危",都是"危"。因人有眼光长远和目光短浅之别,对"危"的见知水平就会出现差异。身处危境而不知危,惨败只是时间问题。公道自在人心,在天下人的心目中,黑白轻重好坏高低大小,实在是一本"明白账"。这"明白账"最后"结算"的日子,可在当时,也可在后世,有的"账"需要几百年甚至上千年才能算清楚。

毁誉

在历史的长街上，熙熙攘攘、南来北往的主流，是芸芸众生，正是这芸芸众生的人心向背，成为了政治、经济制度构建、改造甚至更替选择的最终主宰。

梁启超在《李鸿章传》中写下了这样一段话："天下惟庸人无咎无誉。举天下人而恶之，斯可谓非常之奸雄矣乎。举天下人而誉之，斯可谓非常之豪杰矣乎。虽然，天下人云者，常人居其千百，而非常人不得其一，以常人而论非常人，乌见其可？故誉满天下，未必不为乡愿；谤满天下，未必不为伟人。语曰：盖棺论定。吾见有盖棺后数十年数百年，而论犹未定者矣。各是其所是，非其所非，论人者将乌从而鉴之？曰：有人于此，誉之者千万，而毁之者亦千万；誉之者达其极点，毁之者亦达其极点；今之所毁，适足与前之所誉相消，他之所誉，亦足与此之所毁相偿；若此者何如人乎？曰是可谓非常人矣。

其为非常之奸雄与为非常之豪杰姑勿论，而要之其位置行事，必非可以寻常庸人之眼之舌所得烛照而雌黄之者也。"

对李鸿章本人，梁启超的评价不仅简明扼要，且相当深刻："吾敬李鸿章之才，吾惜李鸿章之识，吾悲李鸿章之遇。"从中，人们可以看出，对一个有争议的历史人物，梁启超的评价是多层面的，因而也是复杂的。从"无咎无誉"的"庸人"，到"誉满天下、谤满天下"的"非常人"，梁启超是想说"非常之豪杰"、"非常之奸雄"是不同一般的"非常人"。"吾见有盖棺后数十年数百年，而论犹未定者矣。"对于"非常人"来说，"盖棺论定"是困难的。因为"非常人"所言所行，其当世之利弊及后世之利弊，厘清和认知起来，必有一个漫长的过程。

公道自在人心。不论是当世人之心还是后世人之心，对任何一个"非常人"，历史还是公正的。这里，衡量的标尺，关键在于是否维护了人民大众的长远利益、根本利益。

梁启超对人作了"庸人"、"常人"、"非常人"的分类。其实，芸芸众生，元气饱满，多蓄鱼龙。"非常人"不是从天上掉下来的，都曾经是普普通通的人，都离不开某个时代的背景。刘邦失意落魄之时，被当成"市井无赖"，在当时人们的心目中，绝不是什么"非常之豪杰"。在历史的长街上，熙熙攘攘、南来北往的主流，是芸芸众生，正是这芸芸众生的人心向背，成为了政治、经济制度构建、改造甚至更替选择的最终主宰。芸芸众生无时不在，无处不有，如滚滚洪流，推动着历史的巨轮，势不可挡地前行。"非常人"，在历史的长河中，是"显赫"的"名人"。顺势而为者，可成为"非常之豪杰"；逆势而为者，会沦为"非常之奸雄"。看清楚这一点，也是十分紧要的。

四心

> 一个社会,有"恻隐之心"、"羞恶之心"、"辞让之心"、"是非之心"的人越多,社会就越稳定和谐,就会出现经济社会繁荣发展、文化文明成果丰硕、百姓安居乐业的太平盛世。

《孟子·公孙丑上》中有几句话值得细琢磨:"无恻隐之心,非人也;无羞恶之心,非人也;无辞让之心,非人也;无是非之心,非人也。恻隐之心,仁之端也;羞恶之心,义之端也;辞让之心,礼之端也;是非之心,智之端也。"

从"恻隐之心"、"羞恶之心",到"辞让之心"、"是非之心",这四颗心,放在人身上,人才具有"仁"、"义"、"礼"、"智",才能成为品德完美的人。这是对天下所有人的"基本要求"。联想到"天下之本在国,国之本在家,家之本在身"这句话,更能理解孟子强调个人修养重要性的深刻内涵。人生一世，来来去去的轨迹，从始点到终点，"存在"的价值客观上总有公论，所言所行，大益于社会，还是小益于社会，大害于社会，还是小害于社会，天知地知人知。这"人知"，又分"今人知"和"后人知"。"今人知"有"时评"，"后人知"有"后评"。对于个人来讲，处于某一时空中，有顺逆成败之分别，有际遇感受之差异。外部的环境、条件，许多时候，是个人无法选择、左右的。这是历史的局限因素。但个人的作为，"主动创造"的空间仍是广阔的。不论哪个时代，都有富有时代特征的文明成果。这文明成果，便是这个时代里的人在辛劳耕耘后收获的。历史的经验证明，一个社会如果形成良好的教化激励机制，汇聚起集体的真善美的力量，那么这个社会便会兴旺发达。一个社会，有"恻隐之心"、"羞恶之心"、"辞让之心"、"是非之心"的人越多，社会就越稳定和谐，就会出现经济社会繁荣发展、文化文明成果丰硕、百姓安居乐业的太平盛世。

《大学》中有"欲修其身者，先正其心"。从"天下之本"、"国之本"、"家之本"，仰看千古兴衰轨迹，人们还可以延伸思想，体悟"身之本"的内在深意。

概用

"不患寡而患不均",这"不均",不应狭义地理解成"数量"的多少,也应考虑"分配机制"、"公认规则"、"选择机会"等"非数量"的因素。其实,公平的含义是广泛的、深厚的、辩证的。

《韩非子》中有这么一段话:"善为吏者树德,不能为吏者树怨。概者,平量者也。吏者,平法者也。治国者,不可失平也。""善为吏者"和"不能为吏者",结果自然是不同的。文中的"概"字,指的是称粮食时用来刮平斗斛的木板。"吏者,平法者也"的"定位",与"概"的"功效"有很大关联。"概"之所过,不能"多"也不能"少"。斗斛里,装的是"粮食",也是"公平"。

为吏者,品行如何,积德还是积怨,自己说了是不算的。谁说了算?百姓。这百姓,既包括当世之百姓,也包括后世之百姓。近利远益，百姓心里最有数，也最明白。《史记·陈丞相世家》中载："里中社，平为宰，分肉食甚均。父老曰：'善，陈孺子之为宰！'平曰：'嗟乎，使平得宰天下，亦如是肉矣！'"

从陈平"分肉"这件"小事"，邻里们断定陈平办事公道，可以信赖。"不患寡而患不均"，这"不均"，不应仅仅狭义地理解成"数量"的多少，也应考虑"分配机制"、"公认规则"、"选择机会"等"非数量"的制度性因素。如果"按人头分配"，每人有一均等份，是不是公平？如果"按需分配"，需要多少给多少，是不是公平？如果"按劳分配"，创造多少得多少，是不是公平？其实，公平的含义是广泛的、深厚的、辩证的。

"树德"还是"树怨"？怎样才能多"树德"少"树怨"？古今中外，对所有为官者、握权者，都是回避不了的选择题。这里，手上有没有"概"，会不会用"概"，是关键。没有"概"，公平无从谈起；不会用"概"，有"概"等于无"概"。"概"从何来？如何用"概"？学问甚大。"平量"与"平法"，道理相通，为政之要，就在其中。

译者

> 译者,对古文古言,欲知其义,须知其人,尤其是知其心迹。其文要义,在文中,亦在文外。

古书今译,古言今解,学者的功劳所在,是让普通读者受惠得益。译事讲"信、达、雅"之要,忠实于原文原意,入目入心,做到这些,实属不易。钱穆先生曾说:"古书不易通,并不是说拿白话一翻就可通了。注解已难,拿白话文来翻译古文,其事更难,并不是几千年前人说的话都能用今天的白话就能恰好翻得出。"要忠于原文原意,学者必须"彻懂彻悟"原文原意,实际上,要做到百分之百,是十分困难的,甚至是不可能的。试想,同一时代的人,能够面对面地交谈,除了言语、表情、眼神、举止俱见,尚且做不到完全彻底地明白彼此之意,过了百年千年,后人想对古人的话,字字明了,句句清楚,进而能够心领神会,谈何容易?译著中"囫囫囵吞枣"、"一知半解"、"知其然不知其所以然"、"望文生义"这类毛病，不是没有，而是不少。那么，如何能在千百年后知晓古人之心语心事心境？文如其人。文品反映人品，人品决定文品。尽最大努力，从"字面"到"背景"，从"前言"到"后语"，从古人之"言"到古人之"行"，学者的耕耘，自然会有收获。译者，对古文古言，欲知其义，须知其人，尤其是知其心迹。其文要义，在文中，亦在文外。读得多，知得广，看得远，想得深，"学问"才能大，一行行的古文，不论多么生僻艰涩，就可变成生动、流畅、典雅的现代语言，让普通读者读来不再艰难，这堪称是一种伟大的劳作。

这里，"学问"的功底是关键，"文品"也很重要。所谓"文品"，是治学的态度。懂就是懂，不懂就是不懂，译错了，译得不准确，不只是闹笑话，更是要误人的。若不能准确地翻译古文，还不如让古文静静地保持"原样"，等待有"学问"的译者。同一本古书，同一篇古文，同一句古言，世间译者众多，"学问"和"文品"究竟如何，众目睽睽，其实自有公道的评价。

古戏

> 昨日的人心与今日的人心，在最深处必有一种脉动相连，由此才有内在互动共鸣。

"戏"不是"史"，然而，"戏"有传"史"的作用，且以艺术的渲染深入人心。

大幕落下，又再拉开。一出出古戏，唱了又唱，演了又演。隔千山万水，隔百年千年，许多人想不明白：古人已逝，骨肉已成尘土，一切似乎已随风而去，后人为什么还惦想不止？说起那早已过去的人和事，为什么还有那么多叹息和泪水？戏台上唱的演的说的，本来是那么遥远，却变得奇异般地贴近？仔细揣思，根因是：昨日的人心与今日的人心，在最深处必有一种脉动相连，由此才有内在互动共鸣。这里，有对正义的信仰，有对公正的渴望，有对真善美的追求。正因这种贯通，戏昨天在唱，今天在唱，明天还要唱。戏源于

"史",又唱出了"史"外。《霸王别姬》是一出戏,十面埋伏,四面楚歌,项羽与虞姬之别离,丝丝情,滴滴泪,绵延多少个春秋,竟仍留于今人后人的心间、眼帘,这是一种怎样的力量?《赵氏孤儿》也是一出戏,那灭门惨剧中缠绕百姓心间的患难情谊,逾越刀山火海,腥风血雨,更是千载万年割离不断,海枯石烂磨灭不了。《秦香莲》还是一出戏,那箭穿心肠的悲叹愤慨和设身处地的同情怜悯,让人无法不去深想何为人间的大得大失。

戏台搭在世间,台上的"角"总是"有限"的,而其无穷之魅力何来?

天地悠悠,物序流转,在每个人,生命之来去,不过百年光阴。诗人用"朝如青丝暮成雪"来形容这种短暂,实在是贴切无比。在无限时空里的有限人生,价值就在有情,把情感甚至自己"代入"到古戏中,有限人生因而得到了丰富和延伸。"人世几回伤往事,山形依旧枕寒流",唱古戏,演古戏,听古戏,看古戏,台上台下,同悲同喜的,连古今,通今后。

对应

无论什么事情,"量变"到了一定程度,就会发生"质变",会由一面转化为另一面,从一端走到另一端。金木水火土里的千变万化,奥妙就在这里。

老子说:"故有无相生,难易相成,长短相形,高下相倾,音声相和,前后相随,恒也。"这番叙述,怎么解释?宋徽宗赵佶的注解是:"无动而生有,有复归无,故曰有无之相生。有涉险之难,则知行地之易,故曰难易之相成。长短之相形,若尺寸是也。高下之相倾,若山泽是也。声举而响应,故曰声音之相和。形动而影从,故曰前后之相随。阴阳之运,四时之行,万物之理,俄造而有,倏化而无。其难也,若有为以经世;其易也,若无为而适己。性长非所断,性短非所续。天之自高,地之自下。鼓宫而宫动,鼓角而角应。春先而夏从,长先而少从。对待之境,虽皆道之所寓,而去道也远矣。"清世祖爱新觉罗·福临的注解是："天下之物生于有，有生于无。见以为难，则易生；见以为易，则难又至。有长而后见有短，有短而后见有长。下者以高为望，高者又以下为归。此唱而彼和之，彼唱而此又和之。自以为前，而有前乎我者，则为后；自以为后，而有后乎我者，则为前。"

"有无"、"难易"、"长短"、"高下"、"音声"、"前后"，这相互对应的关系，是何来何去的"疑问"，"相生"、"相成"、"相形"、"相倾"、"相和"、"相随"，是深藏不露的"答解"。

看世间万物，在"微小"和"硕大"之间，只见"外在"的不同，是肤浅的。而识出其"内在"的关联，则能"登高望远"。无论什么事情，"量变"到了一定程度，就会发生"质变"，会由一面转化为另一面，从一端走到另一端。金木水火土里的千变万化，奥妙就在这里。

世间万物，可见不可见的对应关系，蕴含大自然的辩证法则，也寓涵人类社会演进的规律。仅看见了一方面，总不是全面，更不容易做到全知全晓全悟全解。古往今来，人世间上演了一场又一场壮阔大剧。分析剧中主角们的"历史贡献"和"历史局限"，从对一系列对应关系的认知中，也许可找到独特的观察角度。

不朽

> 人世间的冷暖爱恨，纵然千变万化，千姿百态，但对于任何个体来说，挡不住的"失去"和奋争中的"得到"，都是现实客观的。超越生命的东西，真正不朽的东西，是文化的延续和精神的传承。

"生年不满百，常怀千岁忧"，这句话，讲生命和志向的默契，谈生死之"小"，也论境界之"大"。对生与死的道理曹操看得十分明白。"神龟虽寿，犹有竟时"，讲的是生命规律，是物竞天择。"老骥伏枥，志在千里"，说的是精神的胜利。的确，万物移换迁流，皆有来去的轨迹。"荷叶生时春恨生，荷叶枯时秋恨成"，在李商隐笔下，人对生死的感叹，显出了一种无奈。其实，"有限"和"无限"是辩证的。人世间的冷暖爱恨，纵然千变万化，千姿百态，但对于任何个体来说，挡不住的"失去"和奋争中的"得到"，都是现实客观的。超越生命的东西，真正不朽的东西，是文化的延续和精神的传承。恒久的东西，必有其过硬的"质地"。这"质地"，多为经得起风雨扑打的精神。人世间，从"舍"到"得"，从"看到"，到"悟到"，时间万分紧迫。在个人，百春百秋，转瞬即逝。而若在有限的生命里，能跨过自我，走出小我，做到忘我，心有"千岁忧"，创造并拥有了文化和精神的存蓄和积淀，便会于后世留下念想、惦记，成为一种永生。

《左传》中记载有叔孙豹的一番话："太上有立德，其次有立功，其次有立言，虽久不废，此之谓不朽。"立德、立功、立言，立大德、立大功、立大言，作为人生追求，可使人作为动物本能、本性的有限生年，具有"超越"的魅力，让"存在"绵延，让"有限"变得"无限"。

史师

> 史学的伟大和瑰丽，不在"史料"的窄化，而在尊重史实后的"识"与"论"的升华。

史有多重要？史书有多重要？史学家有多重要？回答好这三个问题，其实很重要。

史学的伟大和瑰丽，不在"史料"的窄化，而在尊重史实后的"识"与"论"的升华。

史是过去的人和事。史书就是这过去的人和事的记录。记录"史实"的人是史学家，从"史实"中总结成败得失的人也是史学家。史学家的职业定位，说起来比较复杂。《诗·大雅》中有"殷鉴不远，在夏后之世"之句，《易传》中有"彰往而察来"之说，司马迁说的是"述往事，思来者"。《春秋》是最早的编年体史书。一条记一事，一件事最多者只有几十个字，最少者只有一个"螟"字。《史记·孔子世家》称孔子"因史记作《春秋》。上至隐公，下讫哀公十四年，十二公"，记述了东周前242年的史事。孔子为什么要写《春秋》呢？孟子的解答是："世道衰微，邪说暴行有作，臣弑其君者有之，子弑其父者有之。孔子惧，作《春秋》。"而孔子自己说："我欲载之空言，不如见之于行事之深切著明也。"效果如何呢？《史记·孔子世家》中有"春秋之义行，则天下乱臣贼子惧焉。"

史学家从"史"的汪洋大海里，细选精筛史料。这些"史料"，被用于"史书"的"起墙盖屋"。

从"孔子惧"，到"天下乱臣贼子惧"，孔子在衰微的世道中受挫折，遭冷落，东奔西走，颠沛流离。但他没有屈服，而在奋力抗争。用"写史"来抒发自己的愤慨和志向，似乎已超越了史学家的职责。孔子叹道："知我者惟春秋乎！罪我者惟春秋乎！"在逆境中，在困苦中，在煎熬中，孔子"往前看"、"往后想"，刻写竹简的笔端，蘸满了忧虑，凝结着希冀。孔子的伟大，是超乎寻常的多层面的伟大，这其中一个层面，便是孔子作为史学家对史学的重要贡献。

当然，孔子也有自己的梦想，这些梦想带着巨大的伤感：先王贤臣的"仁"、"德"能不能再现于世？孔子是在借古说今，古为今用。正如范文澜先生所察："孔子是好古主义者，但在写《春秋》这一点倒像是'厚今薄古'的史学家。《春秋》是脱离政治谈学术吗？为什么'乱臣贼子惧'，还不是怕它在政治上诛伐。"

非凡

> 以不满百年的人生，要怀有千岁之忧，这是什么境界？正是非凡的魅力，让过往千百年的长夜，闪亮起一颗颗耀眼的星星。

每一个人，起点处都是凡夫俗子。从此出发，走了一段路，爬山蹚水，涉险渡难，差别就出来了。世间金银财宝，总可以计数，可以复制，可以估值，而人间"奇才"、"怪才"、"伟才"，不仅当世稀缺，且后世再无相同者。同食五谷杂粮，同有七情六欲，同为父母所生，同兼生死之命，缘何此人非彼人，此心非彼心，此灵魂非彼灵魂？回望历史长河，最让人悲叹的，是独一无二的人杰，其心灵与呼吸同止于某一时空，永不复生。公元前479年，孔子离开了人世。自此，后人不论平视、低瞧、高看，总是"有限"在面对"无限"，即孔子就走过来这么几十个春秋，就留下了这么些话语。字面上看，这些话语中，尚有许多艰涩难懂，深奥无穷，后人想面对面径直走向师者那酿造万千思绪的芳醇心田，则绝无可能。大门里外，阴阳两隔。以不满百年的人生，要怀有千岁之忧，这是什么境界？正是凡夫俗子的局限，会使深思熟虑的大门戛然关上，会让轰轰烈烈的壮剧大幕瞬间落下。正是非凡的魅力，让过往千百年的长夜，闪亮起一颗颗耀眼的星星。群星同在天幕，轨迹各异。仰望无际苍穹，哪一颗星不是生命的剧燃？清代思想家、史学家魏源曾说："临大事然后见才之难。何以见其难？曰：难其敏，难其周，难其暇也。"临大事，显大智大勇，方见大才。这可数尽的星星让黑暗战栗，让迷雾却步，让风雪让路，让子孙后代感受到祖辈的大恩深惠……

学术

> 从"新材料"到"新问题",学术的递进过程,由"无"到"有"、由"此"及"彼"、由"表"及"里"、由"近"及"远"、由"少"到"多",在许多的时候,是在事物与事物、人物与人物的关联互动中实现或完成的。

陈寅恪先生在《陈垣〈敦煌劫余录〉序》中说:"一时代之学术,必有其新材料与新问题。取用此材料,以研求问题,则为此时代学术之新潮流。"史街上,有一种常见的现象:某些事物、人物本来已有"定论"了,但突然闪现的"新发现",会打破原有的平静。"新发现"让人看到了这些事物、人物与其他事物、人物的彼此影响和关系,换言之,这些事物、人物存在的"内外关系"发生了变化。

从"新材料"到"新问题",学术的递进过程,由"无"

到"有"、由"此"及"彼"、由"表"及"里"、由"近"及"远"、由"少"到"多",在许多的时候,是在事物与事物、人物与人物的关联互动中实现或完成的。发现了"新材料",也就为这种关联互动提供了佐证或印照。史学的"新材料"来源有四:一是"丢失"的文献的重现;二是在已知的文献中有了新发现;三是考古的新收获;四是研究出了新成果。

郭沫若研究《周易》后指出:"全体六十四卦,三百八十四爻。卦有卦辞,爻有爻辞,合乾卦的用九,坤卦的用六,一共有四百五十项文句。这些文句除强半是极抽象、极简单的观念文字之外,大抵是一些现实社会的生活。这些生活在当时一定是现存着的。所以如果把这些表示现实生活的文句分门别类地划分出它们的主从来,我们可以得到当时的一个社会生活的状况和一切精神生产的模型。"《周易》是经典文献之一,郭沫若的研究发现,让大家从熟悉中看到了陌生。这也说明,"见所未见"的天地甚大。史上"新文献"的发现,都曾给人带来巨大的惊喜。从汉代发现孔府壁中书,晋代发现汲家竹书,到清代发现敦煌卷子,再到1973年底长沙马王堆三号汉墓出土12万多字的帛书,每一次的发现,都为学术研究提供了难得的发展机遇。

历史"结论"是"后来"的。但这个"后来",许多时候不是一次能够完成的。"后来"的"后来","新材料"又带来了"新问题",对"新问题"的探究,又往往会动摇原有"结论"的地位,使其部分甚或全部"移位"。所以,在任何时候,我们都应该清醒地告诫自己:已有的,包括现有的认识和论点,辩证地说,只是研求问题过程中初步的收成。

暖流

在人与人的交往中,"说实话"是需要勇气的。当然,"听实话"也需要有宽阔心胸和承受能力。

孔子说:"君子不重则不威,学则不固;主忠信,无友不如己者;过则勿惮改。""过则勿惮改",是说有错了不要紧,关键是要勇于改正。作为教育家,孔子从不苛求自己的学生:弟子们有优点,也有这样那样的缺点和毛病。比如评价学生申枨:"枨也欲,焉得刚?"比如评价学生宰予:"朽木不可雕也,粪土之墙不可杇也;于予与何诛?"再比如评价学生仲由:"由也好勇过我,无所取材。"在另一场合,孔子评价学生们:"柴也愚,参也鲁,师也辟,由也喭。"……孔子知道自己学生的"长处"和"短处"。十分可贵的是,孔子与弟子们之间,是心与心的交流,鼓励的话当面说,批评的话,甚至是十分尖锐的批评,也都当面说。在人与人的交往中,"说实话"是需要勇气的。当然,"听实话"也需要有宽阔心胸和承受能力。这是问题的两个方面。"难听的话"中相当一部分,是实话,不是恶意中伤,不是无中生有,也不是夸大其词。有师有友,对于任何人来说,都是幸运的。师友的嘴里,师友的耳边,如果再有"假话"、"虚话",那就十分可悲了。从这一点讲,孔子和他的弟子们,彼此信任,坦诚相见,在寒冬里用真诚的心热使陋室洋溢着融融暖流。

完善

> 当一种社会制度能够促进生产力发展,能确保最广大社会成员的基本利益时,它的存在便是合理的、不可替代的;相反,则必会被更优的社会制度所替代。

《论语》载:子张问:"十世可知也?"子曰:"殷因于夏礼,所损益可知也;周因于殷礼,所损益可知也;其或继周者,虽百世,可知也。"

鉴知前事,预知后事,只有大师大家才能做到。孔子这里讲的"可知",不是从天上掉下来的。"损益"是关键。知道了"减"什么、"增"什么,建立什么样的社会制度就不难预见了。问题恰恰没那么简单。从旧石器时代到新石器时代,从青铜时代到铁器时代,从农耕文明到工业文明,物质条件的改变和技术水平的提升,"新旧交替"是十分明显的。从大文化角度讲，应该说有三大层面。第一层面，是生产力要素形态。第二层面，是社会制度形态。第三层面，是文学艺术形态。生产力水平的递进，也是大文化的传承与发展。就具体的文学艺术形态来说，一个时期的大繁荣，某一领域的整体或单体的大突破，都是很可能的。而对于社会制度而言，与生产力要素形态相比，与文化艺术形态相比，激荡、剧变的时段不是没有，但从历史长河望去，总体上要缓慢些。"行夏之时，乘殷之辂，服周之冕，乐则《韶》《舞》"，孔子心目中的理想境界，是个"综合制度"，既是社会大生产的组织制度，又是社会成员基本利益的配置制度，更是社会文明的维护、完善的保障制度。一项科技发明，可以迅速改变生产各要素的结构，促进生产力的革命性变化。一种社会思想要变成一个完整的崭新的社会制度，不经历艰难困苦甚至巨大代价是无法实现的。从这个意义上说，孔子看到了朝代更替中最需要慎重处理的东西，那就是社会制度。"损益"之法，是完善之法，是稳中求进之法，而非大拆大建之法。郡县制从创立至今，历经两千多年仍被沿用，便是一例。从"夏"到"殷"到"周"，孔子看到不是彼代君王与此代君王的更替，而是此代社会制度与彼代社会制度的内在关联。作为大文化的一个重要层面，社会制度的形成、发展、兴盛、衰亡，必有其可遵循的规律。当一种社会制度能够促进生产力发展，能确保最广大社会成员的基本利益时，它的存在便是合理的、不可替代的；相反，则必会被更优的社会制度所替代。"小补"、"中补"、"大补"都不是"替代"，而是不同层级的"完善"、"维护"、"修正"。

向往

其实，在孔子的内心深处，隐藏着一个离权位名禄甚远的、与天地精神共存同融的大境界。

《论语》载：颜渊、季路侍。子曰："盍各言尔志？"子路曰："愿车马衣轻裘，与朋友共，敝之而无憾。"颜渊曰："愿无伐善，无施劳。"子路曰："愿闻子之志。"子曰："老者安之，朋友信之，少者怀之。"

人活着，为了什么？学了本领，干什么？孔子是在问自己的学生，也是在问自己。孔子曾这样赞扬过颜回："贤哉，回也！一箪食，一瓢饮，在陋巷，人不堪其忧，回也不改其乐。贤哉，回也。"

对钱财、官位，孔子有自己的取舍之见："富而可求也，虽执鞭之士，吾亦为之。如不可求，从吾所好"，"天下有道则见，无道则隐。邦有道，贫且贱焉，耻也；邦无道，富且贵焉，耻也。"

人不仅要有志气，还要有志向。"老者安之，朋友信之，少者怀之"，展现这样一幅和谐宏图，在孔子心中，那簇希望的火团该有多么的炽热！

曾皙，名点，是曾参的父亲，也是孔子的学生。在另一询问学生志向的场合，曾皙说："暮春者，春服既成，冠者五六人，童子六七人，浴乎沂，风乎舞雩，咏而归。"孔子很欣赏曾皙的志向。其实，在孔子的内心深处，隐藏着一个离权位名禄甚远的、与天地精神共存同融的大境界。

瑚琏

在孔子心目中,好官的标准是很高的。"其行己也恭,其事上也敬,其养民也惠,其使民也义。"这番评论春秋时郑国大夫子产的话,正阐明了孔子心目中"大才"的标准定位。

《论语》载:子贡问曰:"赐也何如?"子曰:"女,器也。"曰:"何器也?"曰:"瑚琏也。"

瑚琏,是古代祭祀时盛放粮食的祭器,较为贵重。把人比作瑚琏,是指能够担当重任的人。人成为"器",就是有用之才。孔子对学生的评价,从来都是留有余地的,因为孔子知其长短。有一次,他这样评价自己的三个学生:"由也,千乘之国,可使治其赋也";"求也,千室之邑,百乘之家,可使为之宰也";"赤也,束带立于朝,可使与宾客言也"。对三位学生,孔子都把各自的"特长"评点出来了。这些"特长"，都可以找到用武之地。不知道在孔子眼中，"由"、"求"、"赤"的"特长"算不算"大才"，能不能如"赐"一样，被赞比为"瑚琏"？但有一点可以肯定：作为师长，孔子希望自己的学生都能成为治国安邦的有用之才，且最好德才兼备。在孔子心目中，好官的标准是很高的。"其行己也恭，其事上也敬，其养民也惠，其使民也义。"这番评论春秋时郑国大夫子产的话，正阐明了孔子心目中"大才"的标准定位。

进退

"求也退，故进之"，"由也兼人，故退之"，这样的进退之法，适合于两个学生各自的实际情况，参照了各自的优缺点，应该说缺什么补什么。教书育人，重在于此。

说孔子是教育家，不只要看他有多少弟子，关键要识知他的教育思想。因人施教，孔子成为后人学习的典范。《论语》载：子路问："闻斯行诸？"子曰："有父兄在，如之何其闻斯行之？"冉有问："闻斯行诸？"子曰："闻斯行之。"公西华曰："由也问'闻斯行诸'，子曰'有父兄在'；求也问'闻斯行诸'，子曰'闻斯行之'。赤也惑，敢问。"子曰："求也退，故进之；由也兼人，故退之。"

对仲由，在《论语》记载中，孔子不止一次批评他。"由也果"是一处，"由也喭"是一处，"若由也，不得其死然"

是一处,"久矣哉,由之行诈也"又是一处。孔子在《论语》中谈到仲由的时候,好话不多。在孔子心目中,他的这个学生胆子太大,有时甚至由于过于鲁莽而办错事,惹老师生气。"求也艺",是孔子对冉求的评价。其实,对仲由、冉求,孔子都有不甚满意的地方。孔子曾在回答仲由、冉求称不称得上大臣时说:"今由与求也,可谓具臣矣",说这两个人只算充数而不称职的官员。尽管如此,孔子并不嫌弃自己的学生,"求也退,故进之","由也兼人,故退之",这样的进退之法,适合于两个学生各自的实际情况,参照了各自的优缺点,应该说缺什么补什么。教书育人,重在于此。

务实

孔子的"君子耻其言而过其行"一语,把言与行的关系阐述得十分明白。培养务实之才,是教育的本义之一。

《论语》载:司马牛问仁。子曰:"仁者,其言也讱。"曰:"其言也讱,斯谓之仁矣乎?"子曰:"为之难,言之得无讱乎?"

司马牛是孔子的学生,姓司马,名耕,字子牛。对这位学生,孔子的印象是爱说话,性子急。谈"仁",孔子似乎离开了"克己复礼为仁"这个核心内在,只是延伸到了"如何说"与"如何做"上。"讱"是说话慎重的意思。"多做少说"、"只做不说"、"想好了再说"、"能做到的事才说",孔子提醒司马牛的,就是这么几层意思,针对的当然是这位学生身上的突出毛病。

其实，司马牛不是一个人，而是一类人。这类人，说的快，说的多，而做起事来，可能比说的慢，比说的少。

天下的事，不论大小，真正做成了，做好了，兼顾近利远益，并不容易。"说起来容易做起来难"，"行百里者半九十"，这是带有规律性的总结。既然如此，说话难道不需要谨慎些吗？

言易。为难。孔子把说话做事的作风归到了"仁"的高度，值得后人好好思量。孔子的"君子耻其言而过其行"一语，把言与行的关系阐述得十分明白。培养务实之才，是教育的本义之一。孔子对待自己的学生，的确有苛刻之处，但他的"高标准"，在那个动荡的年月里，闪现出的更多是理想主义的灿烂火花。

忠告

  对于任何人而言，生计的困顿都是"看得见"的，而思想的困顿往往隐藏得很深。"律己"与"劝人"，都要冲破思想的困顿，找到一定的路径。

  《论语》载：子贡问友。子曰："忠告而善道之，不可则止，毋自辱焉。"这句话，要理解透彻，须联记起孔子的另外两句话："过犹不及"、"君子成人之美，不成人之恶。"

  "忠告而善道之"，这是尽朋友的责任，尽可能地"成人之美，不成人之恶"。"忠"方能"告"，"告"则显"忠"。但与律己相比，孔子对朋友的要求尺度又放宽了许多，那就是适当的规劝。对于任何人而言，生计的困顿都是"看得见"的，而思想的困顿往往隐藏得很深。"律己"与"劝人"，都要冲破思想的困顿，找到一定的路径。"不可则止"，实在劝不动了，就停下来，否则会自寻其辱。不能不劝，又不能劝过分了，这实在是件难以掌握火候的事。做过了头，还不如欠缺一些。孔子这里仅仅是讲处世之道吗？仅仅是讲交朋友的方法吗？在孔子看来，那个礼崩乐坏的年代，社会生活中有太多让他伤心忧虑的事，有太多让他痛恨愤慨的人，即使身边的弟子中，也有令他失望者。孔子"躬自厚而薄责于人，则远怨矣"的自语，"知我者其天乎"的悲叹，都让后人在品读"不可则止"这四个字时，心里生出许许多多难以形容的滋味来。

标尺

> 齐桓公用管仲，用其所长，不论从哪个角度讲，都是国之大幸，民之大幸！孔子看到了这一层面，足见其胸怀之宽阔、目光之深邃、见识之非凡。

《论语》载：子路曰："桓公杀公子纠，召忽死之，管仲不死。"曰："未仁乎？"子曰："桓公九合诸侯，不以兵车，管仲之力也！如其仁！如其仁！"子贡："管仲非仁者与？桓公杀公子纠，不能死，又相之。"子曰："管仲相桓公，霸诸侯，一匡天下，民到于今受其赐。微管仲，吾其被发左衽矣！岂若匹夫匹妇之为谅也，自经于沟渎而莫之知也。"

孔子不是一位拘于繁文缛节的人。尽管他在某些方面极其讲究礼节，如"食不语，寝不言"、"席不正，不坐"，如"问人于他邦，再拜而送之"，如"乡人饮酒，杖者出，斯出矣"，等等，但从他与弟子子路、子贡谈对管仲的评价，可以看出，孔子对政治家功过"评价标尺"是非同一般的。

齐桓公，姓姜，名小白，作为齐国国君，曾让齐国称雄，成为春秋五霸之一。在争夺王位过程中，公子小白杀死了哥哥公子纠。同为公子纠的家臣，召忽在公子纠死后自杀，而管仲却投靠了公子小白，当了齐国的宰相，此举引来了不少非议。子路、子贡所言，代表的就是世间对管仲归顺齐桓公的批评意见。

谈论这段故事，子路、子贡原以为孔子也会猛烈抨击"不仁不义"的管仲，但孔子却意外地发表了另一番见解。

孔子评论管仲，站得高，想得深，看得远。"九合诸侯，不以兵车"、"一匡天下，民到于今受其赐"，国家统一，天下太平，百姓幸福，这是雄才大略的标准，而非"匹夫匹妇"所能望及。当然，孔子在看到管仲在治国安邦方面"大才"的同时，对他也有一些保留，比如批评管仲器量小，在节俭方面做得差，不懂周礼，等等。这都很正常。管仲不是一个完人，在那个动荡不安、纷争不止的年代里，急需的是治国安邦的"大才"。《论语》中，孔子第二次谈到管仲时评价是："人也。夺伯氏骈邑三百，饭疏食，没齿无怨言。"这里，虽讲管仲夺走齐国大夫伯氏三百户人家，但仍肯定他是个人才，夺人家产，还能让人心服口服。齐桓公用管仲，用其所长，不论从哪个角度讲，都是国之大幸，民之大幸！孔子看到了这一层面，足见其胸怀之宽阔、目光之深邃、见识之非凡。

恒产

> 为政者，治理天下，关键是做到民富、民安、民乐。古今中外，概莫能外。这是政治体制、社会架构稳固的关键。

为政者，治理天下，关键是做到民富、民安、民乐。古今中外，概莫能外。这是政治体制、社会架构稳固的关键。"得道多助，失道寡助"，"道"字内涵是人心向背。

孟子说："无恒产而有恒心者，惟士为能。若民，则无恒产，因无恒心。苟无恒心，放辟邪侈，无不为已。及陷于罪，然后从而刑之，是罔民也。焉有仁人在位，罔民而可为也？是故明君制民之产，必使仰足以事父母，俯足以畜妻子，乐岁终身饱，凶年免于死亡；然后驱而之善，故民之从之也轻。"

孟子还进一步延伸，将"恒产"具体化，提到了"五亩之宅"、"百亩之田",说如此便"黎民不饥不寒,然而不王者,未之有也"。

"恒产"的含义,应有两层,一是产业,二是财产。产业让人有稳定的就业门路,衣食有来源;财产让人富裕,能以丰补欠,有"抗灾"的保障。

值得注意的,孟子没有笼统地将天下人都放在一把尺子下衡量,而将"士"与"民"明显区分开来。"士",总是少数人,可以做到"无恒产而有恒心";而对"民",即大多数人来说,无恒产则是不行的。《论语》中载有曾子对"士"的一番说法:"士不可以不弘毅,任重而道远。仁以为己任,不亦重乎?死而后已,不亦远乎?"曾子对"士"的认识,是切实、清晰、深刻的,高远而不缥缈。

"士"的追求与志向,决定了可以"舍生取义"、"视死如归",能做到"无恒产而有恒心"。而普普通通的百姓,还是要讲"安居乐业",讲"富裕安康"。这样的区分,符合客观实际,也较有说服力。

顿悟

> "顿悟说",对于任何人寻找"本心"来说,都显得路径很近、很多。如此"转换"方便,确能使人望见希望的灯火,挣脱泥境而成善良有为的人。

史街上,有一群人,需要格外关注,那就是佛学大师们。在中国佛学史上,谈禅宗的由来和未来,六祖慧能的影响是巨大的。"南能北秀"一说告诉人们:慧能和他的师兄神秀,对禅宗的发展均作出了重大贡献。

慧能主张"顿悟说",即"顿悟成佛",他强调自我精神的主导,认为人人皆有佛性,人人都可成佛。从"即心即佛"到"佛向性中作,莫向身外求",慧能给众生求佛展现了宽阔的大道。他认为"道由心悟,岂在坐也"。他曾对弟子法达说:"佛的知见只在你心中,不在别处。因为一切众生都贪爱外物,牵挂尘境,因此遮蔽了内心的光明。但你的心与佛是一样的。"在《坛经·般若品》中,慧能有语:"前念迷即凡夫,后念悟即佛"、"一刹那间,妄念俱灭,若识自心,一悟即至佛地。"

神秀主张"渐悟说",倡导通过长久坐禅而使心性逐渐觉悟,最后达到佛的境界。在与"顿悟说"的"较量"中,北宗神秀一支,在普寂、义福之后,便逐渐衰落了。

当初,五祖弘忍门下的弟子们中,慧能曾以"菩提本无树,明镜亦非台。本来无一物,何处惹尘埃"偈语,胜过了神秀的"身是菩提树,心如明镜台。时时勤拂拭,勿使惹尘埃"偈语。其实,在五祖弘忍弟子们对佛法大意理解的"考试"时,"南顿北渐"孰高孰下已见端倪了。

"顿悟说",对于任何人寻找"本心"来说,都显得路径很近、很多。昨天,可能心智昏暗,但今天,知错晓过,便可"回头是岸"。如此"转换"方便,确能使人望见希望的灯火,挣脱泥境而成善良有为的人。陈寅恪先生曾这样评价惠能的贡献:"特提出直指人心、见性成佛之旨,一扫僧徒繁琐章句之学,摧陷廓清,发聋振聩,固我国佛教史上一大事也。"

佛门境地虚无,佛学内涵深厚。研究禅宗的由来及展延,需要多层面识察"顿悟说"的根源和成因。自哲学角度看,从佛学到禅宗学,外延上是从大变小了,但这只是一种表象。对禅宗这一"分支"及慧能的"顿悟说"更深刻的认知,现在还远不到位。

遐想

桃花源的"虚"与"实",在陶渊明笔下,是显而易见的。作者的用意,不是求证人间是否有这个地方,而是想问:如果有这样的地方,人们该如何珍惜和守护呢?从这个意义上讲,陶渊明绝不是一个乌托邦式的空想主义者。

《桃花源记》是一篇脍炙人口的名篇佳作。作者丰富的想象力,朴素自然的文风,带人走进了一片令人"豁然开朗"的天地:"土地平旷,屋舍俨然,有良田美池桑竹之属。阡陌交通,鸡犬相闻。其中往来种作,男女衣着,悉如外人。黄发垂髫,并怡然自乐。"这幅美好和谐的画卷,人间曾有否?人间会有否?作者笔下,巧妙地做了回避,又隐约地做了回答。

捕鱼人"缘溪行,忘路之远近","忽逢桃花林,夹岸数百步,中无杂树,芳草鲜美,落英缤纷","林尽水源,便得一山，山有小口，仿佛若有光"，"便舍船，从口入。初极狭，才通人。复行数十步，豁然开朗"。这就是"来路"。

捕鱼人从桃花源怎么"回去"的呢？"回去"后怎么样呢？"既出，得其船，便扶向路，处处志之。及郡下，诣太守，说如此。太守即遣人随其往，寻向所志，遂迷，不复得路。"这就是"归途"。

桃花源是神秘之境。一次"偶见"之后，便"不复得路"，再无机会探访，怎么回事？作者给读者留下了巨大的遐想空间。

在陶渊明笔下，桃花源不仅是一幅画卷，还是一个故事。在桃花源，一个外人突然出现的情形怎样呢？"见渔人，乃大惊，问所从来。"桃花源中人许多许多年没有见过外人了。捕鱼人的出现，带来的陌生感和惊诧可想而知。捕鱼人说明了来由之后，受到了热情款待。"村中闻有此人，咸来问讯。自云先世避秦时乱，率妻子邑人来此绝境，不复出焉，遂与外人间隔。问今是何世，乃不知有汉，无论魏晋。此人一一为具言所闻，皆叹惋。"

为"避秦时乱"而"来此绝境"，桃花源中人已隐居了几百年了。几百年间，世事沧桑，从秦到汉，从魏到晋，桃花源中人皆不知"时变"。就在这"不知不觉"中，桃花源里，人们过着"怡然自乐"的田园生活。此时的"叹惋",更有着深切的含义。陶渊明辞官归乡二十二年,经过一段"躬耕自资"田园生活之后,便陷入贫困境地,有时要靠亲朋好友接济。这种生活中的真情实感,是身处官位时无法体验的。

陶渊明被称作"隐逸诗人之宗"。读陶渊明的"文",重在读懂一颗隐居者的心。陶渊明在《读山海经》中写道:"孟夏草木长,绕屋树扶疏。众鸟欣有托,吾亦爱吾庐。既耕亦已种,时还读我书。穷巷隔深辙,颇回故人车。欢言酌春酒,摘我园中蔬。微雨从东来,好风与之俱。泛览周王传,流观山海图。俯仰终宇宙,不乐复何如。"

从诗中作者隐居的"庐",到众人隐居的"桃花源",是陶渊明对"隐耕生活"的向往。桃花源的"虚"与"实",在陶渊明笔下,是显而易见的。作者的用意,不是求证人间是否有这个地方,而是想问:如果有这样的地方,人们该如何珍惜和守护呢?从这个意义上讲,陶渊明绝不是一个乌托邦式的空想主义者。

时变

> 看一个时代的记录,"钻进去"看与"跳出来"看同样是重要的。

有两位史学家,时空上虽然隔了很远,联想起来也会让人有些感触。这就是东晋的袁宏和清中期的魏源。袁宏《后汉纪》是一本很有史学价值的书。在此书的自序中,作者写道:"夫史传之兴,所以通古今而笃名教也。丘明之作,广大悉备。史迁剖判六家,建立十书,非徒记事而已,信足扶明义教,网罗治体,然未尽之。班固源流周赡,近乎通人之作,然因藉史迁,无所甄明。荀悦才智经纶,足为嘉史,所述当也,大得治功已矣。然名教之本,帝王高义,韫而未叙。今因前代遗事,略举义教所归,庶以弘敷王道。"

袁宏生于晋成帝咸和三年(公元328年),卒于晋孝武帝太元元年(公元376年)。《后汉纪》共30卷,约20余万字,记叙了东汉近二百年的历史。就对史学的贡献而言，《后汉纪》可与范晔的《后汉书》相提并论。袁宏把史学的作用，归为"通古今"、"笃名教"。"通古今"是史学的"基本功"，而"笃名教"则是袁宏著史的主要目的，他要阐明"名教之本，帝王高义"。因"看不惯"的东西太多，袁宏在无奈中也开出了"自以为是"的"药方"："野不议朝，处不谈务，少不论长，贱不辩贵。"（见《后汉纪》卷二十二）这当然是逆潮流而动的荒唐话。

为什么目的著史，著史对史学会有什么贡献，这二者有关联，又不是一回事。因为目的会影响材料、评议的取舍倾向。

清代思想家、史学家魏源编著的《海国图志》一书，说古论今，见解深切，兼及中外，视野开阔，颇有建树。他提出的"师夷长技以制夷"思想影响很大。

魏源生于乾隆五十九年（1794年），卒于咸丰七年（1857年）。这一时期，"康乾盛世"逐渐烟消云散，大清国内忧外患，封建社会日薄西山。

作为学者，魏源著述颇丰。除《海国图志》，还有《圣武记》《古微堂集》《古微堂诗集》《老子本义》《孙子集注》《元史新编》《书古微》《诗古微》《公羊古微》等。作为思想家，魏源改革、变法的主张始终引人关注。

目睹世间盛衰，魏源的内心深处有着强烈的忧患意识，亦有强烈的改革、变法激情。在《〈淮南盐法轻本私议〉自序》中，魏源写道："天下无数百年不弊之法，亦无穷极不变之法，亦无不除弊而能兴利之法，亦无不易简而能变通之法。"在《默觚》中，魏源写道："天下事，人情所不便者变可复，人情所群便者变则不可复。江河百源，一趋于海，反江河之水而复归之山，得乎？"

袁宏和魏源都在为封建社会开"药方"，但方向是相反的。袁宏的"药方"是"退回去"，魏源的"药方"是"赶潮流"。

应该说，袁宏和魏源忧患意识都很强烈，面对时弊也都心急如焚，但思路不同，眼界不同，见识就大不一样。自然，这会影响到史学作品的深度、厚度、广度。

把时隔千年的两位史学家放在一起比较，客观地说，是不够公平的。岁月的增添，人的智慧也会增长，眼界也会不同。之所以作此联想，是想说，看一个时代的记录，"钻进去"看与"跳出来"看同样是重要的。知晓史学家的目标思路，徜徉在这段史街时，会留意这里"省略"掉了什么，在那里又"添置"了什么，掂量其轻重，或会有新的体会和感悟。

史田

  记述和梳理一段历史，对于史学家来讲，确如耕田。"粗耕"和"精耕"，"收获"是不一样的。作为"史实"，贵在梳理史脉由来，求得本真；作为"史论"，成在透见经验教训，知古鉴今。

  从司马迁《史记》的"太史公曰"，到陈寿《三国志》的"评曰"，再到袁宏的"论赞"，乃至司马光的"臣光曰"，夹叙夹议中，凸显出作者的心迹和见识。当然，议论的话说多少合适，话说得有没有道理、恰当不恰当，自然会有公论。

  史学家的劳作，与其说是在史海泛舟，不如说是在史田耕耘。《后汉纪》既是叙史之作，也是论史之作。袁宏善于借题发挥，旁征博引，阐述引申，所下功夫甚大。有人统计，袁宏在《后汉纪》中，"论赞"有五十多条，少则几十字，多则达千余字，总计1.7万多字，占全书篇幅的十二分之一。尽管后人对他在此书中的"论赞"也有不少批评意见，但从"史实"再到"史识"，总算是一种在史学园地里的精耕细作。从某种意义上说，"史识"要做到透彻深邃，更为不易。

记述和梳理一段历史，对于史学家来讲，确如耕田。"粗耕"和"精耕"，"收获"是不一样的。同样一块"史田"，不同的史学家，付出的辛劳汗水多少不同，耕作的方式不同，自然有成效差距。作为"史实"，贵在梳理史脉由来，求得本真；作为"史论"，成在透见经验教训，知古鉴今。知道过程与结果很重要，厘清原委和遗产也很必要。对同一段历史岁月，著史者往往是一群人，且有前有后。但经大浪淘沙，能够沉淀下来，成为传世佳作的，能够被世人认可重视的，又总有限数。这里，关键要看视野宽窄、水平高低、功夫大小、见识深浅。

巅峰

> 巅峰处的孤独，让人失去理智。这种孤独，是失控的孤独，没有掣肘的孤独。

《史记·秦始皇本纪》中，记有秦始皇在灭掉六国后说过的一些话，其中有几句颇为耐人寻味："寡人以眇眇之身，兴兵诛暴乱，赖宗庙之灵，六王咸伏其辜，天下大定。今名号不更，无以称成功，传后世"、"朕为始皇帝，后世以数计，二世三世至于万世，传之无穷。"贾谊在《过秦论》中曾写道："天下已定，始皇之心，自以为关中之固，金城千里，子孙帝王万世之业也。"文中点评的，正是秦始皇当时的心态、状态："燕赵之收藏，韩魏之经营，齐楚之精英"，秦帝国一下子都拥有了，还怕什么？

秦灭六国，秦始皇"有资格"数落六国君王的"罪过"。从韩、赵、魏，到楚、燕、齐，六国君王皆犯了大错，所以都落了个败亡下场。数落了六国君王之后,秦始皇说到了自己,让大臣们议论自己的尊称封号,并信心十足地展望了"传之无穷"的秦王朝的未来。

巅峰处的孤独,让人失去理智。这种孤独,是失控的孤独,没有掣肘的孤独。秦始皇这几句话,相当傲慢自信,甚至是狂妄自大。在历史上,处于事业成功巅峰的君王,一旦头脑极度发热膨胀,失去清醒和理智,大都很快跌入谷底,甚至连"过渡带"都没有了。《过秦论》中"一夫作难而七庙隳,身死人手,为天下笑者,何也?仁义不施,而攻守之势异也"的分析,说到秦亡的根因上。有形的敌人没有了,无形的敌人正在聚集,但秦始皇此刻已处于不清醒的状态,看不见潜在的敌人。"族秦者秦也,非天下也",杜牧《阿房宫赋》中的这句名言,说得准确、精当、深刻。自秦始皇后,一朝又一朝,一代又一代,封建制度的弊端,两千多年间始终缠绕难解,循环往复,不能不让人回望故往的这座巅峰,深思"过去了"而又"完不成"的历史课题。从秦国到秦帝国,从秦王到秦始皇,这段漫长的奋斗史和短暂的衰败史,读起来总让人心里沉甸甸的。虽能合得上书,却断不开悠长的思绪。

史品

唐代史学家刘知几在《史通》中的《直书》中曾有"盖烈士徇名,壮夫重气,宁为兰摧玉折,不作瓦砾长存"之句。在《曲笔》一文中,刘知几写道:"盖史之为用也,记功司过,彰善瘅恶,得失一朝,荣辱千载。"这些话透出了史学家的自信与自励,也彰显出独特的气节、品德,更让后人敬重。

《宋书·裴松之传》值得一读。裴松之生于公元372年,卒于公元451年,历经晋、宋两朝。元嘉六年(公元430年),58岁的裴松之完成了宋文帝下达的为《三国志》补注的任务。《宋书·裴松之传》中载:"上使注陈寿《三国志》,松之鸠集传记,增广异闻,既成奏上。上善之,曰:'此为不朽矣!'"这句评语,使裴松之甚感慰藉。

裴松之撰写《三国志注》,功夫之深,令人惊叹。有人统计，陈寿著《三国志》的原文约20万字，而裴松之的注文约54万字。又有统计，裴松之在注文中所引用的书目达210余种。如此浩大工程，世所罕见，所费心血之多、辛劳之巨，可想而知。

对裴松之的作为，评价并不一致。大加赞赏的有，"一分为二"的有，批评甚至持否定态度的亦有。若将《宋书·裴松之传》与《上〈三国志注〉表》一文合起来读，会更深刻地理解宋文帝的英明决策和裴松之的良苦用心。

裴松之在《上〈三国志注〉表》中写道："臣闻智周则万理自宾，鉴远则物无遗照。虽尽性穷微，深不可识，至于绪余所寄，则必接乎粗迹。是以体备之量，犹曰好察迩言。畜德之厚，在于多识往行。伏惟陛下道该渊极，神超妙物，晖光日新，郁哉弥盛。虽一贯坟典，怡心玄赜，犹复降怀近代，博观兴废。将以总括前踪，贻诲来世。"

这是讲撰写的目的。

裴松之写道："臣前被诏，使采三国异同以注陈寿《三国志》。寿书铨叙可观，事多审正。诚游览之苑囿，近世之嘉史。然失在于略，时有所脱漏。臣奉旨寻详，务在周悉。上搜旧闻，傍摭遗逸。按三国虽历年不远，而事关汉、晋。首尾所涉，出入百载。注记纷错，每多舛互。其寿所不载，事宜存录者，则罔不毕取以补其阙。或同说一事而辞有乖杂，或出事本异，疑不能判，并皆抄内以备异闻。若乃纰缪显然，言不附理，则随违矫正以惩其妄。其时事当否及寿之小失，颇以愚意有所论辩。自就撰集，已垂期月。"

这是讲撰写的方法。

裴松之写道："窃惟缋事以众色成文，蜜蜂以兼采为味，故能使绚素有章，甘逾本质。臣实顽乏，顾惭二物。虽自罄励，分绝藻缋，既谢淮南食时之敏，又微狂简斐然之作。淹留无成，只秽翰墨，不足以上酬圣旨，少塞愆责。愧惧之深，若坠渊谷。谨拜表以闻，随用流汗。臣松之诚惶诚恐顿首顿首死罪谨言。"

这是讲撰写的心迹。

对裴松之的贡献，后来的《四库全书总目提要》做了一番归纳："综其大致，约有六端：一曰引诸家之论以辨是非；一曰参诸书之说以核讹异；一曰传所有之事详其委曲；一曰传所无之事补其阙佚；一曰传所有之人详其生平；一曰传所无之人附以同类。"这个评价，概括性较强，大体上是客观公允的。从史学角度讲，一位后来者，肯如此下功夫为前人做"拾遗补缺"的事，且弄不好是"出力不讨好"的事，这种作为，显现了一位有为史学家的职业品德。

唐代史学家刘知几在《史通》中的《直书》中曾有"盖烈士徇名,壮夫重气,宁为兰摧玉折,不作瓦砾长存"之句。在《曲笔》一文中,刘知几写道:"盖史之为用也,记功司过,彰善瘅恶,得失一朝,荣辱千载。"这些话透出了史学家的自信与自励,也彰显出独特的气节、品德,更让后人敬重。

贫富

> 贫富不是对立的东西，只不过是有前提的，钱财来路正当，富则有何不可？远离不正当的钱财，穷又有何妨？

《史记·仲尼弟子列传》载："孔子卒，原宪遂亡在草泽中。子贡相卫，而结驷连骑，排藜藿入穷阎，过谢原宪。宪摄敝衣冠见子贡。子贡耻之，曰：'夫子岂病乎？'原宪曰：'吾闻之，无财者谓之贫，学道而不能行者谓之病。若宪，贫也，非病也。'子贡惭，不怿而去，终身耻其言之过也。"

司马迁写孔子弟子原宪，着墨不多，只是讲了一个"小故事"。这让人想起孔子生前与子贡的一番对白。子贡曾问孔子："贫而无谄，富而无骄，何如？"孔子回答说："可也；未若贫而乐，富而好礼者也。"原宪与子贡相比，从官位、财富，如何能相提并论？子贡"尝相鲁、卫，家累千金"，原宪落荒"草泽中",几乎是穷困潦倒。但原宪与子贡不比官位、财富,比的是精神的自主,是"贫而乐道"的境界。如此一比,子贡甚觉惭愧,发热的头脑顿时冷静了下来,"终身耻其言之过也"。

对孔子的"贫而乐道",要有正确的解读。原宪也曾问过孔子何谓"耻",孔子回答:"邦有道,谷;邦无道,谷,耻也。"从子贡问贫富,到原宪问耻,可以看出,在孔子心目中,贫富不是对立的东西,只不过是有前提的,钱财来路正当,富则有何不可?远离不正当的钱财,穷又有何妨?

有钱财是结果,在有些人,只看重这个结果;而在另一些人,看重"过程"和"来路",看重钱财的"纯度"和"品质"。贫富之别,更多的是"数量"之别,而非德才之别。当谈论贫富的话题时,记得两千多年前的这个小故事,益处还是不小的。

真言

在生命的尽头，会有人用残剩的气力，抒发一生中都未曾吐露的真言，或让世人刮目相看，或让世人为之惊叹，或让世人怅然若失，或让世人联想久远。

公元445年，即宋文帝元嘉二十二年，48岁的范晔以谋反罪被杀。死时，所著《后汉书》尚未全部完成。《宋书》对范晔的记载褒贬参半：褒其才华，贬其人品。作为官场斗争的失败者，范晔被杀，疑点很多，后人争议亦不少。但就史学而言，他的死是巨大的损失，令人惋惜，是个悲剧。

范晔所著《后汉书》，博采众长，斟酌取舍，功夫深厚，文笔超群，属大家之作。《宋书·范晔传》中收录的《狱中与诸甥侄书》，值得细细品读：

吾狂衅覆灭，岂复可言，汝等皆当以罪人弃之。然平生行已在怀,犹应可寻,至於能不,意中所解,汝等或不悉知。

吾少懒学问,晚成人,年三十许,政始有向耳。自尔以来,转为心化,推老将至者,亦当未已也。往往有微解,言乃不能自尽。为性不寻注书,心气恶,小苦思,便愦闷,口机又不调利,以此无谈功。至于所通解处,皆自得之于胸怀耳。文章转进,但才少思难,所以每于操笔,其所成篇,殆无全称者。

常耻作文士。文患其事尽于形,情急于藻,义牵其旨,韵移其意。虽时有能者,大较多不免此累,政可类工巧图缋,竟无得也。常谓情志所托,故当以意为主,以文传意。以意为主,则其旨必见;以文传意,则其词不流。然后抽其芬芳,振其金石耳。此中情性旨趣,千条百品,屈曲有成理。自谓颇识其数,尝为人言,多不能赏,意或异故也。

性别宫商,识清浊,斯自然也。观古今文人,多不全了此处;纵有会此者,不必从根本中来。言之皆有实证,非为空谈。年少中,谢庄最有其分,手笔差易,文不拘韵故也。吾思乃无定方,特能济难适轻重,所禀之分,犹当未尽，但多公家之言，少于事外远致，以此为恨，亦由无意于文名故也。

本未关史书，政恒觉其不可解耳。既造《后汉》，转得统绪。详观古今著述及评论，殆少可意者。班氏最有高名，既任情无例，不可甲乙辨。后赞于理近无所得，唯志可推耳。博赡不可及之，整理未必愧也。吾杂传论，皆有精意深旨，既有裁味，故约其词句。至于《循吏》以下及《六夷》诸序论，笔势纵放，实天下之奇作。其中合者，往往不减《过秦》篇。尝共比方班氏所作，非但不愧之而已。欲遍作诸志，《前汉》所有者悉令备。虽事不必多，且使见文得尽。又欲因事就卷内发论，以正一代得失，意复未果。赞自是吾文之杰思，殆无一字空设，奇变不穷，同合异体，乃自不知所以称之。此书行，故应有赏音者。纪、传例为举其大略耳，诸细意甚多。自古体大而思精，未有此也。恐世人不能尽之，多贵古贱今，所以称情狂言耳。

吾於音乐，听功不及自挥，但所精非雅声，为可恨。然至于一绝处，亦复何异邪！其中体趣，言之不尽。弦外之意，虚响之音，不知所从而来。虽少许处，而旨态无极。亦尝以授人，士庶者中未有一毫似者。此永不传矣！

> 吾书虽小小有意，笔势不快，余竟不成就。每愧此名。

范晔十分珍惜这最后的"说几句"的机会。无论作为临别赠言还是作为"自序"，还是作为"自嘲"、"自省"，对范晔这番话，后人都不该只瞧见字面，应往字里行间慢慢细看。

人在狱中，死期在即，面对孤笔薄纸，心境可想而知。尽管如此，范晔还是利用生命终点的余光，把心中想说的话留在了纸上。"然平生行已在怀，犹应可寻"，范晔对自己为人为官为文，从始至终，叙说得干脆利落，真切感人。这些话，与其说是讲给甥侄们听的，不如说是在向天下人作宣示和告白。

生命，对于所有人来说，都只有一次。伟大的人，低微的人，富足的人，穷困的人，起点和终点，都是公平的。在生命的尽头，会有人用残剩的气力，抒发一生中都未曾吐露的心言，或让世人刮目相看，或让世人为之惊叹，或让世人怅然若失，或让世人联想久远。范晔临上刑场，用悲凉的深情，留下了不同寻常的心语真言。若无此惨烈变故，后人很可能无缘读到此等绝笔。

文风

> 文风与士风、政风,密切相关。文风浮华,文书写作东拉西扯,雕章琢句,重外华轻内质,言之无物,必然干扰正常的政务,耽误国计民生。

《隋书·李谔传》中,载有《请革文华疏》一文。

《请革文华疏》由文风,谈到士风、政风,可谓触及时弊。李谔以尖刻的语言,鲜明的观点,抨击了当时盛行的浮艳文风。

文风与士风、政风,密切相关。文风浮华,文书写作东拉西扯,雕章琢句,重外华轻内质,言之无物,必然干扰正常的政务,耽误国计民生。

像许多人一样,李谔也是先讲"从前",赞美那时的文字写作"褒德序贤,明勋证理"。李谔以"降及后代,风教渐落"作为转折,开始数落文字写作上的浮华之风:"魏之三祖,更尚文辞，忽君人之大道，好雕虫之小艺。下之从上，有同影响，竞骋文华，遂成风俗。"到了南朝的齐梁时期，此风更盛："贵贱贤愚，唯务吟咏"、"寻虚逐微，竞一韵之奇，争一字之巧。连篇累牍，不出月露之形，积案盈箱，唯是风云之状"。结果呢？"文笔日繁，其政日乱，良由弃大圣之轨模，构无用以为用也。损本逐末，流遍华壤，递相师祖，久而愈扇。"

在《请革文华疏》中，李谔也颂赞了当朝："及大隋受命，圣道聿兴，屏黜轻浮，遏止华伪。"尽管如此，浮华之风仍未绝迹："如闻外州远县，仍踵敝风，选吏举人，未遵典则。"李谔最后写道："臣既忝宪司，职当纠察。若闻风即劾，恐挂网者多，请勒诸司，普加搜访，有如此者，具状送台。"

《请革文华疏》是篇好文章，起了大作用。隋文帝采纳了李谔的意见，并将奏疏颁告天下："公私文翰，并宜实录。"

时隔一千多年，读《请革文华疏》，仍能感受到李谔对浮艳文风的那股痛恨激愤之情。

写文章，行文书，需要运用好语言文字，必要的修辞有助于文章文书准确叙述表达事义。倡导文风朴实，不是不讲修辞，而是要恰到好处。通过独立思考，有生机勃勃的思想，再加上合适的形式载体的滋润,必出精品佳作。过于讲求文采,重外华轻内质,害处甚大。从这个角度讲,文风非小事,《请革文华疏》至今仍有启发意义。

始点

孔子走了,但人们对孔子的认识,只是刚刚开始。

《礼记·檀弓》载:

孔子蚤作,负手曳杖,消摇于门,歌曰:"泰山其颓乎!梁木其坏乎!哲人其萎乎!"既歌而入,当户而坐。子贡闻之,曰:"泰山其颓,则吾将安仰?梁木其坏,哲人其萎,则吾将安放?夫子殆将病也。"遂趋而入。夫子曰:"赐!尔来何迟也?夏后氏殡于东阶之上,则犹在阼也。殷人殡于两楹之间,则与宾主夹之也;周人殡于西阶之上,则犹宾之也。而丘也,殷人也。予畴昔之夜,梦坐奠于两楹之间。夫明王不兴,而天下其孰能宗予?予殆将死也。"盖寝疾七日而没。

《史记·孔子世家》载：

> 孔子病，子贡请见。孔子方负杖逍遥于门，曰："赐，汝来何其晚也？"孔子因叹，歌曰："太山坏乎！梁柱摧乎！哲人萎乎！"因以涕下。谓子贡曰："天下无道久矣，莫能宗予。夏人殡于东阶，周人于西阶，殷人两柱间。昨暮予梦坐奠两柱之间，予始殷人也！"后七日卒。

这是公元前479年。孔子走完了自己坎坷不平的人生道路。这番记述，讲的是孔子去世前的一幕场景。文中的"对白"表达了师生间的深情厚谊，亦可从中透见孔子内心感伤的涟漪和对理想追求的执着。

两书记载，同多异少，读后令人掩卷长思。

这是一个流泪的孔子：泰山坍塌，梁木折毁，哲人凋零……73岁的孔子，自比泰山、梁木，背手拖着手杖，缓缓步行，大声吟唱，向礼崩乐坏的乱世，向忧烦磨难的岁月，作最后的告别。山路盘旋，水路弯转，颠沛流离的日子，在眼前，在心间。许多想做的事情尚未完成，此刻便走，孔子是不甘心的，是愁怅的，也是十分无奈的。

这是四月，春风徐徐，大地泛青，万物复苏。孔子的眼里，应是一片生机勃发的春色。此时，孔子病了，从屋外走进了屋内，卧床七日，怅然离世。

"天下无道久矣"，这声最后的叹息，显露出孔子的愤然和不安，也让后人去思去想：这是一个终点，又是一个始点。孔子惦想的一切和一切的惦想，对人类社会是不可或缺还是可有可无？孔子心中"有道"与"无道"的"界线"究竟在哪里？世间顺延，千代万代，在"得"与"失"、"取"与"舍"间到底什么是最重要、最不当失舍的？……孔子走了，但人们对孔子的认识，只是刚刚开始。

四友

> 朋友之间，情义无价。顺境与逆境，辨别度是不一样的。顺境识人，热雾满目；逆境识人，冷清可见。鉴别、考验往往在危难之时。

明代苏浚《鸡鸣偶记》中曾写道："道义相砥，过失相规，畏友也；缓急可共，死生可托，密友也；甘言如饴，游戏征逐，昵友也；利则相攘，患则相倾，贼友也。"

苏浚生于公元1542年，卒于公元1599年，晋江苏厝人。作为著名的思想家，苏浚对朋友作了理性分类：畏友、密友、昵友、贼友。这四类朋友，是四个层面，更是四种境界。慎重交友，是经验的提醒，也是教训的积淀。"近朱者赤，近墨者黑"，与什么人交友，交成怎样的朋友，对于任何人来说，都是一生要面对的课题。"道义相砥，过失相规"、"缓急可共，生死可托"，这样的朋友，虽未必相助成就大事大业，却益处甚大。再次一等，"甘言如饴，游戏征逐"，也无大碍。而最要提防的，是"利则相攘，患则相倾"这样的"贼友"关系。

朋友的"分类"，向来有多种。人们从经验教训的总结中，认识到朋友不是一个笼统的概念，此朋友不同于彼朋友。各种"分类"，都有道理。比如挚友、诤友等表述，也都有自己的角度。花木中也有梅兰竹菊"四友"，且都有自己的品性：梅的清肌傲骨，兰的幽芳高洁，竹的挺拔不屈，菊的高风亮节。郑板桥与禅师对话中，禅师也有"四友"说："友有四种：一如花，艳时盈怀，萎时丢弃。二如秤，与物重则头轻，与物轻则头仰。三如山，只要肯攀，借高望远，送翠成荫。四如地，默默承载，一粒种百粒粮，平实无怨。"

"物以类聚，人以群分"。芸芸众生，于纷繁复杂的社会生活中，总是有序无序地分分合合、散散聚聚。"观其友，知其人"时常是应验的。慎重交友，理论上说容易，做起来又比较难。人与人之间，相识相知，需要一个过程，也需要经事历变。不论畏友、密友，不论昵友、贼友，都不会一下子认清辨识出来。顺境与逆境，辨别度是不一样的。顺境识人，热雾满目；逆境识人，冷清可见。鉴别、考验往往在危难之时。大体上说，志向相同、品性相当的人总会趋聚或"结友"。

顺势

> 不论政治制度、社会规范，还是经济体制，更替的决定力量，是人心向背。

《淮南子·氾论训》说："治国有常，而利民为本。政教有经，而令行为上。苟利于民，不必法古；苟周于事，不必循旧。"这番话，说得简明、深切、透彻，揭示了治国安邦的道理。

以"利民为本"为出发点和落脚点，一切变得清晰朗朗："苟利于民，不必法古"，"苟周于事，不必循旧"。不论政治制度、社会规范，还是经济体制，更替的决定力量，是人心向背。

"新"与"旧"，是辩证的产物，是前后的过程，更是相互交错的融合体。"新"从"旧"来，"新"中有"旧"，"新"会变"旧"。"旧"是昨日的"新"，"新"是明日的"旧"。

"旧"与"新"的更替,往往不以人的意志为转移。江河直下,浩浩荡荡,奔腾入海,势不可挡。人民大众的根本利益和愿望,决定了历史大浪淘沙中的取舍去留。有作为的政治家,做决策,办事情,记住了这一点,也就得到了治国安天下的要领,就会顺势而为,恰当善为,大有作为。

适劝

从古至今,"知己知彼"中,"知己"不易,"知彼"亦难。没有眼界和胸襟的开阔,就无法摘去挡住视野的"枝叶",亦无法望见"天外之天"、"山外之山"。

在《左传》和《史记》中,记载了楚惠王经历的一件惊心动魄的事。先看看《左传》所载:

楚太子建之遇谗也,自城父奔宋。又辟华氏之乱于郑,郑人甚善之。又适晋,与晋人谋袭郑,乃求复焉。郑人复之如初。晋人使谍于子木,请行而期焉。子木暴虐于其私邑,邑人诉之。郑人省之,得晋谍焉。遂杀子木。

其子曰胜,在吴。子西欲召之。叶公曰:"吾闻胜也,诈而乱,无乃害乎?"子西曰:"吾闻胜也,信而勇,不为不利。舍诸边竟,使卫藩焉。"叶公曰:"周仁之谓信,率义之谓勇。吾闻胜也,好复言,而求死士,殆有私乎?复言,非信也;期死,非勇也。子必悔之!"弗从,召之,使处吴竟,为白公。

请伐郑,子西曰:"楚未节也。不然,吾不忘也。"他日,又请,许之。未起师。晋人伐郑。楚救之,与之盟。胜怒,曰:"郑人在此,仇不远矣。"

胜自厉剑,子期之子平见之,曰:"王孙何自厉也?"曰:"胜以直闻,不告女,庸为直乎?将以杀尔父。"平以告子西。子西曰:"胜如卵,余翼而长之。楚国,第我死,令尹、司马,非胜而谁?"胜闻之,曰:"令尹之狂也,得死,乃非我。"子西不悛。

胜谓石乞曰:"王与二卿士,皆五百人当之,则可矣。"乞曰:"不可得也。"曰:"市南有熊宜僚者,若得之,可以当五百人矣!"乃从白公而见之。与之言,说。告之故,辞。承之以剑,不动。胜曰:"不为利谄,不为威惕,不泄人言以求媚者。"去之。

吴人伐慎,白公败之。请以战备献,许之。遂作乱。秋七月,杀子西、子期于朝,而劫惠王。子西以袂掩面而死。子期曰:"昔者吾以力事君,不可以弗终。"

抉豫章以杀人而后死。石乞曰:"焚库弑王。不然不济。"白公曰:"不可。弑王不祥,焚库无聚,将何以守矣?"乞曰:"有楚国而治其民,以敬事神,可以得祥,且有聚矣。何患?"弗从。

叶公在蔡,方城之外皆曰:"可以入矣。"子高曰:"吾闻之,以险侥幸者,其求无餍,偏重必离。"闻其杀齐管修也,而后入。

白公欲以子闾为王,子闾不可,遂劫以兵。子闾曰:"王孙若安靖楚国,匡正王室,而后庇焉。启之愿也,敢不听从?若将专利以倾王室,不顾楚国,有死不能。"遂杀之,而以王如高府。石乞尹门。围公阳穴宫,负王以如昭夫人之宫。

叶公亦至,及北门,或遇之,曰:"君胡不胄?国人望君,如望慈父母焉。盗贼之矢若伤君,是绝民望也。若之何不胄?"乃胄而进。又遇一人,曰:"君胡胄?国人望君,如望岁焉,日日以几。若见君面,是得艾也。民知不死,其亦夫有奋心,犹将旌君以徇于国,而又掩面以绝民望,不亦甚乎!"乃免胄而进。遇箴尹固帅其属将于白公。子高曰:"微二子者,楚不国矣。弃德从贼,其可保乎?"乃从叶公。使于国人以攻白公，白公奔山而缢，其徒微之。生拘石乞而问白公之死焉，对曰："余知其死所，而长者使余勿言。"曰："不言将烹！"乞曰："此事也，克则为卿，不克则烹，固其所也。何害？"乃烹石乞，王孙燕奔頯黄氏。

沈诸梁兼二事。国宁，乃使宁为令尹，使宽为司马，而老于叶。

再看看《史记》中的记载：

惠王二年，子西召故平王太子建之子胜于吴，以为巢大夫，号曰白公。白公好兵而下士，欲报仇。六年，白公请兵令尹子西伐郑。初，白公父建亡在郑，郑杀之，白公亡走吴，子西复召之，故以此怨郑，欲伐之。子西许而未为发兵。

八年，晋伐郑，郑告急楚，楚使子西救郑，受赂而去。白公胜怒，乃遂与勇力死士石乞等袭杀令尹子西、子綦于朝，因劫惠王，置之高府，欲弑之。惠王从者屈固负王亡走昭王夫人宫。白公自立为王。月余，会叶公来救楚，楚惠王之徒与共攻白公，杀之。惠王乃复位。

两书记载，一繁一简，讲的是同一件事，也都有"过程"。《左传》讲得"详细"，《史记》讲得"概略"。《史记》是说有这件事，《左传》则叙述了这件事的来龙去脉，生动地展现了各位当事人的言行。

从楚国、宋国、郑国，到晋国、吴国、蔡国，这段故事地域跨度大，出场的人物也比较繁杂。"主角"是三个人：叶公、子西和楚太子建的儿子胜。胜这个人满怀复仇之心，把家庭个人的恩仇置于国家利益之上，又有一个叫石乞的"帮凶"，弄出了一桩惊天动地的"事变"，杀死了楚国大臣子西、子期，劫持了楚惠王。危急关头，叶公出现，挽回了大局，救了楚惠王。文中对叶公的描写，着墨不多，但颇为精彩。归结到一点，那就是叶公背后的决定力量：民心思安，民心思定。

叶公的见识令人佩服，他早就提醒子西要提防胜这个人，但子西听不进去。叶公预言："子必悔之。"子西十分自信，即使听了胜要杀自己的狂言，依然不放在心上，竟然说出"胜如卵，余翼而长之"这样的糊涂话。结果呢？一旦时机成熟，胜就杀了子西，叶公的预言终于应验。子西被杀时，羞愧难当，悔不听叶公劝告，只能"以袂掩面而死"。

从古至今，"知己知彼"中，"知己"不易，"知彼"亦难。

没有眼界和胸襟的开阔，就无法摘去挡住视野的"枝叶"，亦无法望见"天外之天"、"山外之山"。子西属于既不知己又不知彼的人。对胜这个人，叶公一开始就看清楚了："吾闻胜也，诈而乱。"子西的看法相反："吾闻胜也，信而勇。"

子西对待不同意见，与叶公差距较大。在与胜的决战中，叶公对"君胡不胄"、"君胡胄"这两种截然不同的说法，都作了吸纳的选择，老百姓希望他在战斗中不受伤害，也企盼他露出面容，大张旗鼓地驱除暴虐，所以他一会儿戴上头盔，一会儿又摘下头盔，"戴上"还是"摘下"，都是顺应老百姓的心愿，赢得了民心，达到了同样的效果。

风尚

> 任何时代,任何风尚的盛行与衰退,都有其必然性。经济基础的变化,政治制度的演进,社会架构的调整,与时尚的来去,都有内在的互动和关联。

时风之变,是史学家体察历史变迁需要关注的。在历史上,不同时期,种种因素的影响,使某种风气渐成气候,左右社会各个层面,且会在一定时段呈不可挡之势。史学家袁宏《后汉纪》中的论赞,对风俗变迁的议论就很有见地。他认为春秋之时,"道德仁义之风,往往不绝";战国之时,则"游说之风盛矣";高祖之兴,"而任侠之风盛矣";元、成、明、章之间,"守文之风"又盛;自此之后,"肆直之风"盛行于世。对各种风俗的利弊,他也有自己的见解:

> 夫排忧患,释疑虑,论形势,测虚实,则游说之风有

益于时矣。然犹尚谲诈，明去就，间君王，疏骨肉，使天下之人，专俟利害，弊亦大矣。轻财货，重信义，忧人之急，济人之险，则任侠之风有益于时矣。然坚私惠，要名誉，感意气，仇睚眦，使天下之人，轻犯叙之权，弊亦大矣。执诚说，修规矩，责名实，殊等分，则守文之风有益于时矣。然立同异，结朋党，信偏学，诬道理，使天下之人，奔走争竞，弊亦大矣。崇君亲，党忠贤，洁名行，厉风俗，则肆直之风有益于时矣。然定臧否，穷是非，触万乘，陵卿相，使天下之人，自置于必死之地，弊亦大矣。

任何时代，任何风尚的盛行与衰退，都有其必然性。经济基础的变化，政治制度的演进，社会架构的调整，与时尚的来去，都有内在的互动和关联。

袁宏这段评述，对各类风尚"一分为二"，讲"利"和"弊"的两面，不是简单地肯定或否定，是辩证和理性地对待。这里，蕴含着"兴"之源，"衰"之本，让后人身在风尚更替之中时，既看到事物的根因起始，又懂得事物的转换趋向。从总体上讲，人类权衡利弊的能力，会在关键的时点上集中展现，会作出必要的取舍和选择。趋利避害，几乎是人类生存和发展的一种本能。

求实

> 后来的人,知"果"易,知"因"难。但"果"只是"史实"的一部分,而"因"也在"史实"的范围。

唐代史学家刘知几曾有"史之为务,申以劝诫,树之风声"之语,讲清楚了史学家的职责。

现实之一切,一旦"过去了",便成为"史"。史学家心中的"史"与笔下的"史",理应是求索"实"。然而,因种种因素,欲得全部、完整、原始之"实",并非易事。

"看见的"、"知道的"、"有据可查的"毕竟只是其中一部分,这自然是"史实"。只是还须记住一句话:"看不见的"、"不知道的"、"无据可查的",未必不是最主要的、最关键的"史实"。历史进程,不论百年,还是千年,甚至万年,一路望去,均是由一个个"果"标记的,"因"与"果"之间,"果"

易见，而"因"易藏；后来的人，知"果"易，知"因"难。但"果"只是"史实"的一部分，而"因"也在"史实"的范围。比如唐朝李世民杀了李建成，这是"果"，是"史实"。但为什么出现兄弟相残的悲剧，其"因"也是"史实"。"史学"的价值，不仅在于把一个个"果"堆放整齐，点校明白，更在于明析"因果关系"，透视经验教训，总结成败得失。作为史学家，永不自谎，不自负，不武断，实在是至关紧要。因为很多时候，"看不见的"、"不知道的"东西会比"看见的"、"知道的"东西多。

"史学"之所以成为一门学问，"史学家"之所以成为一群肩负神圣社会职责的"耕者"，不仅在于"成果"、"收获"，更在于学问来之不易，在于耕耘万分艰辛。

对已经很"明了"的"史实"，"横看成岭侧成峰"，不同的视角，不同的结论，讨论甚至争辩中，往往有益于趋近"原本"。对"尚不明了"的"史实"，若能"吹尽狂沙始到金"，于茫茫故往的雾尘中发现点点亮光，亦是史学家职业事业之大幸。这"点点亮光"，有时于考古发现中寻得，有时于过去人们忽略处复得，这种"得"，珍贵之极。

沿途

> "沿途"于一个人、一群人、一代人,千变万化中,总有一种超然的力量贯穿其间,把握着"入场"与"落幕",决定着"大有"与"大无"。

在很多人看来,庄子《齐物论》艰涩难懂。这篇文章,贯穿着"吾丧我"这个主线。"吾"不同"我",说的是"大我"和"小我"。"大我"是突破了"小我"局限的境界。庄子如此深刻地思考人的来去和定位,不是普通人能够做到的。

茫茫人海里,于千百年后,能让后人叫出名号的,少之又少,沧海一粟。其实,从史街走过的每一个人,不论男女,不论尊卑,不论穷富,只要有正常意识,那几年、几十年,百余年,"见"与"闻",都会有"沿途"的"体验",可惜的是,能够"写出来"、"画出来"、"说出来",能够将"沿途"

见闻感悟凝固成"文字"而"传下去"的人毕竟有限。然而就是这种"有限",能使人类扩宽了"天"和"地",不论立足于哪个"片段",都能知"从前",思"今后",都能于眉眼间少了些短浅,于心头脑海多了些持重。事实上,千千万万的凡人,用心灵的纯净挡住了外物的浮尘,呵护了智慧的光亮和灵动。

至"大我"境界不易,从世间万象中悟识人生真谛更难。存在的东西,有时会让人感觉不到;不存在的东西,有时会让人感觉存在。重要的东西,有时会让人感觉不到;不重要的东西,有时会让人感觉重要。这种误差,从古至今,一直延续于"沿途"。许多的悔恨和叹息就来源于此。

每个人来到世间,都要扮演在浩瀚宇宙中的角色,在茫茫人海里的角色,都有自己的"沿途"。从生至死,这一路的悲欢离合,这一路的酸甜苦辣,这一路的冷遇热待,这一路的四季流转,这一路的雨雪霜雾……"沿途"于一个人、一群人、一代人,千变万化中,总有一种超然的力量贯穿其间,把握着"入场"与"落幕",决定着"大有"与"大无"。"苍天"似以罕见的"无情",漠视着万物的繁华枯萎。"天若有情天亦老。""无情"的"苍天"永伴人类,"无情"送来秋冬,又"无情"带回春夏。每当人类感觉冷到极点之时,"苍天"

便开始融化冰雪，孕育冬后的暖春。没有有情之人，将失去"沿途"的记忆和光彩；没有无情苍天，将失去古往今来的整个人类。仔细想来，"吾丧我"三个字含义深刻。

误差

> 史学家孜孜以求的，是尽一切可能还原"本真"，减小"误差"，甚至将主要标准置于"大事"、"要事"的"基本准确"上。

唐代史学家刘知几所著《史通》中有《直书》一文。文中写道："夫人禀五常，士兼百行，邪正有别，曲直不同。若邪曲者，人之所贱，而小人之道也；正直者，人之所贵，而君子之德也。"刘知几还以"然则历考前史，徵诸直词，虽古人糟粕，真伪相乱，而披沙拣金，有时获宝。"此番话提醒人们，"披沙拣金"会有新发现、新收获。作为史学家，恪尽职守品德是第一位的。有了好的品德，不仅会做到"直书"，还能够善于从"史料"中去伪存真、去粗取精，沙里淘金。

"看见了"，是不是等于"看全了"、"看准了"、"看清楚了"、"看明白了"？不一定。好比远处有一座山，远远望去，是一种"见";走近了细看,是一种"见";登上了半山腰,是一种"见";钻进了山洞里,是一种"见";站在了山巅,又是一种"见"。

不仅有如此多的"见",还有晴空下的"见",阴雨中的"见",迷雾里的"见",等等。

在"史"与"实"之间,与其说给人留下了求索"真"的空间,莫不如说人面临着不能"尽知"而欲求"尽知"的艰辛探索。"史实"本来就是"史实",简单无比。但找见它,又艰难无比。正如白居易《花非花》中写道:"花非花,雾非雾。夜半来,天明去。来如春梦不多时,去似朝云无觅处。"种种客观、主观的因素,必然使"见"字的背景无法"纯净",因而史学家笔下的"史",与真实的"史实"无法完全"等同一致"。史学家孜孜以求的,是尽一切可能还原"本真",减小"误差",甚至将主要标准置于"大事"、"要事"的"基本准确"上。

无形

> 许多东西的存在价值，不在于自身的内在、存亡，而在于与其他事物之间的内应和对照。

《左传》中的《季札观周乐》一文，讲了这么一个故事：春秋后期，吴国公子季札来到鲁国，受到鲁国的盛情款待，他也有机会观赏了鲁国保存的周乐。当演到反映虞舜时代盛德的《韶箾》之舞时，季札赞叹道："德至矣哉！大矣，如天之无不帱也，如地之无不载也！虽甚盛德，其蔑以加于此矣。观止矣！若有他乐，吾不敢请已。"

虞舜时代的盛德在哪里？在周乐里。观赏周乐，即在读史。可以这么说，狭义的"史"在书里，广义的"史"，在千千万万的物质文化产品里，在年年岁岁的百姓生活里。

一位地质学家，站在河边，手拿一鹅卵石说："这就是历史。"

一位伐木工，刚刚砍倒一棵粗壮的大树，拾几片枯黄的叶子说："这就是历史。"

一位年轻人，跪在爷爷的墓前，捧起一把黄土说："这就是历史。"

从鹅卵石，到树木，再到黄土……这似乎与"史"的"典籍"很远的东西，实际上更显"史"的分量和厚重。

"史街"上的一草一木、一石一瓦，单独、孤立地看，有时看不到其历史的价值。许多东西的存在价值，不在于自身的内在、存亡，而在于与其他事物之间的内应和对照。如张若虚笔下"不知江月待何人"一句，滔滔江水、天上明月，与人间悲欢离合，看似无关，但诗人找见的是天地人间的关联和互动。想问明白冬天，须知会春天；欲理解耕耘，需等到收获。

"史"之过往、来去，其踪迹，其回响，有形，又无形。看见了有形的东西，是眼光，是本能；悟见了无形的东西，是超越，更是境界。

感旧

> 居于过去和未来之间,当下的感悟,既是真实的,也是最应珍视的。因为此时此刻的感悟,关乎选择,关乎取舍,关乎后人。

晋人傅亮所撰《为宋公至洛阳谒五陵表》,论文体,属程式性公文。公文内容定位,应是叙述进谒帝陵的原因,表达对已逝帝王的忠诚敬仰之情。但傅亮在表文中不只写了这一层。我们来读读这篇表文:

> 臣裕言:近振旅河湄,扬旍西迈,将届旧京,威怀司雍。河流迅疾,道阻且长。加以伊洛榛芜,津途久废,伐木通径,淹引时月。始以今月十二日,次故洛水浮桥。山川无改,城阙为墟。宫庙隳顿,钟虡空列。观宇之馀,鞠为禾黍。廛里萧条,鸡犬罕音。感旧永怀,

痛心在目。

> 以其月十五日，奉谒五陵。坟茔幽沦，百年荒翳。天衢开泰，情礼获申。故老掩涕，三军凄感。瞻拜之日，愤慨交集。行河南太守毛修之等，既开剪荆棘，缮修毁垣。职司既备，蕃卫如旧。伏惟圣怀，远慕兼慰，不胜下情。谨遣传诏殿中中郎臣某，奉表以闻。

公元316年，西晋沦亡。公元416年，东晋名将刘裕北伐，收复西晋故都洛阳。晋安帝封刘裕为宋公。刘裕修缮西晋五个皇帝陵墓，祭祀时宣读的就是傅亮代拟的谒表。

读此表文，给人感受最深的不是在赞颂五位帝王的恩德，而是在描述"旧京"见闻，滴滴笔墨都蘸满了思恋故土之情。读此表文，还让人们感知战乱的痛楚，从故都的荒凉萧瑟中，能透见逝去的繁华岁月，生发惜爱和平安定生活的联想。文中"廛里萧条，鸡犬罕音"八个字，如同曹操《蒿里行》一诗中"白骨露于野，千里无鸡鸣。生民百遗一，念之断人肠"一样，能产生强大的震撼力量。

旧的一切，终归已成过去。然而，人站在新的时点上，只要回望一下，便会顿觉脚下的分量。不管怎么说，当下是短暂的。而过去和未来，是悠长的。"感旧永怀，痛心在目"、

"故老掩涕，三军凄感"，表文充溢着无限伤感之情。居于过去和未来之间，当下的感悟，既是真实的，也是最应珍视的。因为此时此刻的感悟，关乎选择，关乎取舍，关乎后人。

共识

> 历史的经验证明，无论何种好的政治主张，何种经济政策，做到了上下同心，彼此呼应，就会达到预期效果。否则就会失败流产，或半途而废。从这个角度看，善于谋求共识是政治家的基本素质。

研究中国古代重农经济思想，有两篇文章值得细读。一篇是汉景帝刘启的《令二千石修职诏》，一篇是陆游的《戊申严州劝农文》。两篇文章都不长，话却说得贴切、到位。

先看《令二千石修职诏》全文：

> 雕文刻镂，伤农事者也；锦绣纂组，害女红者也。农事伤，则饥之本也；女红害，则寒之原也。夫饥寒并至，而能无为非者寡矣。朕亲耕，后亲桑，以奉宗庙粢盛、祭服，为天下先；不受献，减太官，省繇赋，欲天

下务农蚕，素有畜积，以备灾害，强毋攘弱，众毋暴寡，老者以寿终，幼孤得遂长。

今岁或不登，民食颇寡，其咎安在？或诈伪为吏，吏以货赂为市，渔夺百姓，侵牟万民。县丞，长吏也，奸法与盗盗，甚无谓也。其令二千石修其职！不事官职耗乱者，丞相以闻，请其罪。布告天下，使明知朕意！

"农事伤，则饥之本也；女红害，则寒之原也"，汉景帝刘启认识到了耕织的重要性，明确提出了"欲天下务农蚕"的要求。

读罢汉景帝刘启的诏文，再来读读南宋陆游的《戊申严州劝农文》一文：

盖闻为政之术，务农为先，使衣食之粗充，则刑辟之自省。当职自蒙朝命，来剖郡符，虽诚心未格于丰穰，然拙政每存于抚字，觞酒豆肉，曷尝妄蠹于邦财；铢漆寸丝，不敢辄营于私利。所冀追胥弗扰，垦辟以时，春耕夏耘，仰事俯育。服劳南亩，各终麇蓑之功；无犯有司，共乐舒长之日。今者土膏既动，稼事将兴，敢延见于耆年，用布宣于圣泽。清心省事，固守令之当为；旷土游民，亦父兄之可耻。归相告戒，恪务遵承。上以宽当宁之深忧，下以成提封之美俗。

陆游是诗人，也是政治家。《戊申严州劝农文》，是他在担任知州时写的劝农文。此文朴实简洁，通俗易懂，反映了他的以农为本的政治主张。文中"盖闻为政之术，务农为先，使衣食之粗充，则刑辟之自省"一句，开宗明义，讲清楚了农业的重要性及农兴粮丰则天下安定的道理。

刘启的《令二千石修职诏》和陆游的《戊申严州劝农文》更大的积极意义，在于用官文和百姓直接沟通的方式，讲明春耕夏耘的好处，期待实现"欲天下农蚕，素有畜积，以备灾害，强毋攘弱，众毋暴寡，老耆以寿终，幼孤得遂长"、"服劳南亩，各终麀鏖之功；无犯有司，共乐舒长之日"的目标。历史的经验证明，无论何种好的政治主张，何种经济政策，做到了上下同心，彼此呼应，就会达到预期效果。否则就会失败流产，或半途而废。从这个角度看，善于谋求共识是政治家的基本素质。

从刘启，到陆游，一个是君王，一个是州官，虽处不同时代，但都是用"宣示"式的文本，"其令二千石修其职"、"归相告戒,恪务遵承",以坚决的态度做出姿态,向官吏和百姓讲农业的重要性,阐释农本的经济思想。两篇文章虽短,且已经久远,但至今读来,仍可给人一些有益的启示。

理财

> 理天下之财,最佳的理财之道,须兼济近利远益,需从天下大众根本利益出发并符合众愿,最大限度地得到认可和支持。

王安石《乞制置三司条例》一文中,有一番讲理财之道的话:

> 盖聚天下之人,不可以无财;理天下之财,不可以无义。夫以义理天下之财,则转输之劳逸不可以不均,用度之多寡不可以不通,货贿之有无不可以不制,而轻重敛散之权不可以无术。

这里,从"不可以无财"、"不可以无义",到"不可以不均"、"不可以不通"、"不可以不制"、"不可以无术",讲清楚了"财"与"义"的关系，也明晰了善于理财方可治国安天下的道理。

王安石在这篇奏疏中，阐述了自己的改革理想："省劳费，去重敛，宽农民，庶几国用可足，民财不匮矣。"

在王安石力推的新法中，均输法最早出台，牵动面也是比较大的，更触及了一些既得利益者。的确，他急于解决"天下财用窘急无余，典领之官拘于弊法，内外不以相知，盈虚不以相补"的问题。读这篇奏疏，给人感触最深的，正是王安石面对国家财力窘迫的现状，所怀有的深切忧虑和图富图强的迫切心情。

要理好财，须理顺各方经济利益关系，实际上就是经济改革。改革的目的是除弊兴利。一千多年前的王安石在宋神宗的支持下，迎着种种阻力，竭力推行新法，书写了中国历史上不可磨灭的一页。王安石的改革是务实的，更是有理想的。王安石的成功和失败，都赫然在目，他得到的赞誉和落下的骂名，足以让人深察改革的代价和成本，也再清楚不过地证明：理天下之财，最佳的理财之道，须兼济近利远益，需从天下大众根本利益出发并符合众愿，最大限度地得到认可和支持。就大多数人而言，看近利易，识远益难。成熟的政治家，不仅自己能看清近利远益，且善于通过一定方式方法让大多数人望见未来的希望之光。王安石在这方面努力了,但效果并不理想。

司马光《与王介甫书》中有这么一段话:"今介甫为政,尽变更祖宗旧法,先者后之,上者下之,右者左之,成者毁之,弃者取之,矻矻焉穷日力,继之以夜而不得息,使上自朝廷,下及田野,内起京师,外周四海,士吏兵农、工商僧道,无一人得袭故而守常者,纷纷扰扰,莫安其居。"司马光把话说得这么重,"出发点"显然是"全盘否定"。从中,我们能感受到那股强大的改革阻力。王安石要说服天下人也非易事。对王安石的政治理想,仅从成败层面上看是肤浅的,需要有理性冷静的思考和分析。黄仁宇先生曾评论说:"以今日眼光,王安石新法的失败,不难了解。新法之重点,无非加速金融经济,使财政商业化。但是要这政策通行,民间的金融商业组织,也要成熟,私人财产之不可侵犯,更要有法制的保障,这样才能重重相因,全面造成凡物资及服务都能互相交换,其账目也能彼此考证核对。"黄仁宇先生的话,并不是责备王安石,而是讲清楚了王安石变法的社会经济背景,"大环境"是其变法遭遇艰难和最终失败的根因。

不管怎么说,在当时的政治经济社会环境下,王安石有志力推新政,其胆识和勇气都是极其难能可贵的,确属探路尖兵的伟大作为。

道为

> 老子如此点出"侯王",实有所指,是在告诫为政者不要忽视"道"的无为而无不为的力量,劝导为政者不要忘了"镇之以无名之朴"的作用。要走出"物壮则老"的循环,领悟活力再生道涵不易,摆脱惯性僵化思维的羁绊更难。

《庄子》里的"北冥有鱼",鱼变鸟,大鹏展翅,让生命在转换中完成"超越"。理想的自由生发,给有限的生命花树增添了无限的光彩。

《道德经》五千言,究竟什么是"道"?老子似乎没有直接"说清楚",但他反反复复讲的,是"道"的巨大作用。《道德经》第三十二章中讲:"道常无名,朴。虽小,天下莫能臣。侯王若能守之,万物将自宾。天地相合,以降甘露,民莫之令而自均。"《道德经》第三十七章中讲:"道常无为而无不为。侯王若能守之，万物将自化。化而欲作，吾将镇之以无名之朴。镇之以无名之朴，夫将不欲，不欲以静，天下将自正。"

从道常"无名"，到"无名之朴"，老子这里揭示的，不是"道"的内涵，而是"道"的作为。"道"为何物、何处而来是一回事，"道"的威力、作用是另一回事。因为，顺从"道"和抗拒"道"的结果是不同的。老子如此点出"侯王"，实有所指，是在告诫为政者不要忽视"道"的无为而无不为的力量，劝导为政者不要忘了"镇之以无名之朴"的作用。要走出"物壮则老"的循环，领悟活力再生道涵不易，摆脱惯性僵化思维的羁绊更难。

对文中老子提出的"自宾"、"自均"、"自化"、"自正"概念，也值得细细研究。重视并运用好了"道"的无形力量，就能够实现这"四自"。在司马迁笔下，老子被称为"隐君子"，"其学以自隐无名为务"。解读老子，看到其"逃避现实"，只算看到了"外表"，实际上，老子有自己的政治抱负。《史记》中说老子"居周久之，见周之衰，乃遂去"，点出了他的无奈，更让人在读其五千言时，能透见那深藏在心底深处的理想之光。从自然规律，到社会发展规律，顺"道"者昌，逆"道"者亡。在老子个人，"百有六十余岁，或言二百余岁"，虽有"修道养寿"之功，但也有生命之终点。而千年万年不亡不朽的，是老子的道朴智慧和哲学思想。

同异

> 诸子百家，老子、孔子、墨子、韩非子、荀子……大智慧者不是多了，而是太少了，他们是凤毛麟角的奇珍异宝。看他们之间的观点同异甚至冲撞，且须放宽视界，以不同的欣赏方式领略其美妙和光亮。

在《道德经》中，"道"字共出现六十多次。而在《论语》中，"道"字也出现四十多次。仔细分析，老子所讲的"道"与孔子所讲的"道"，异多同少。老子"道法自然"、"道常无名"的本义，与孔子的"朝闻道，夕死可矣"、"士志于道"的意思，是大不相同的。老子"譬道之在天下，犹川谷之于江海"，与孔子"天下有道，则政不在大夫。天下有道，则庶人不议"，内在和外延都有较大差异。老子的"道"，讲的是不可抗拒的天地人间运行规律；孔子的"道"，讲的是为君、为臣、为父、为子、为友之"遵循"。其实，老子、孔子对"道"两个层面的阐释，是"不同"而非"矛盾"。老子讲的"道"，大多是讲天地万物的客观规律；孔子讲的"道"，大多是讲治国安邦和人际社会交往的基本规则。

将《道德经》和《论语》对比起来读，会发现"德"字在两书中的分量都很重。在《道德经》中，"德"字出现四十余次。老子认为，凡是符合"道"的行为就是"有德"，否则就是"失德"。"道"是客观规律，而"德"是指人类认识升华后按客观规律办事。

在《论语》中，"德"字出现三十多次。孔子认为，人若做到了礼义仁智信就是"有德"，否则就是"失德"。其"德不孤，必有邻"，申明的就是"德"之所在。

从对"德"字的理解看，老子和孔子各有自己的尺度。老子所指的更为宽阔，而孔子所指的则更为具体。

就对"道"与"德"的阐释、认定而言，老子和孔子从认识层面上看，差别是明显的，但无论如何，不能用"分歧"二字来简单下结论，更不必去作优劣比较，因为这样会偏离对两位大师的真正认知。

回望百家争鸣的春秋时期，喧闹声中，显露出一个朴素无华的事实：在人类，已知的真理只是沧海一粟。

诸子百家，老子、孔子、墨子、韩非子、荀子……大智慧者不是多了，而是太少了，他们是凤毛麟角的奇珍异宝。看他们之间的观点同异甚至冲撞，且须放宽视界，以不同的欣赏方式领略其美妙和光亮。

师者

> 茫茫人海，时空交错，人与人相见不易。人和人之间即使有缘相见，能把话说到对方心坎上，做到相识相知也很难。

研究儒道之别，需要下一番大功夫。追根溯源，了解孔子和老子"交往史"，很有必要。

《孔子家语·观周》中，记有孔子和老子的一段交往。其文与《史记》中相关记载存在着详略差异：

> 孔子谓南宫敬叔曰："吾闻老聃博古知今，通礼乐之原，明道德之归，则吾师也，今将往矣。"对曰："谨受命。"
>
> 遂言于鲁君曰："臣受先臣之命云：'孔子圣人之后也。灭于宋。其祖弗父何，始有国而授厉公。及正考父佐戴、

武、宣,三命兹益恭。故其鼎铭曰:"一命而偻,再命而伛,三命而俯,循墙而走,亦莫余敢侮。馆于是,粥于是,以糊其口。"其恭俭也若此。'臧孙纥有言:'圣人之后,若不当世,则必有明君而达者焉。孔子少而好礼,其将在矣。'属臣曰:'汝必师之。'今孔子将适周,观先王之遗制,考礼乐之所极,斯大业也!君盍以乘资之?臣请与往。"

公曰:"诺。"与孔子车一乘,马二匹,竖子侍御。敬叔与俱。至周,问礼于老聃,访乐于苌弘,历郊社之所,考明堂之则,察庙朝之度。于是喟然曰:"吾乃今知周公之圣,与周之所以王也。"

及去周,老子送之,曰:"吾闻富贵者送人以财,仁者送人以言。吾虽不能富贵,而窃仁者之号,请送子以言乎:凡当今之士,聪明深察而近于死者,好讥议人者也;博辩闳达而危其身,好发人之恶者也。无以有己为人子者,无以恶己为人臣者。"孔子曰:"敬奉教。"自周反鲁,道弥尊矣。远方弟子之进,盖三千焉。

我们再来看看《史记·老子韩非列传》中的记载:

孔子适周,将问礼於老子。老子曰:"子所言者,其人与骨皆已朽矣，独其言在耳。且君子得其时则驾，不得其时则蓬累而行。吾闻之，良贾深藏若虚，君子盛德，容貌若愚。去子之骄气与多欲，态色与淫志，是皆无益于子之身。吾所以告子，若是而已。"

《史记·孔子世家》中载："南宫敬叔言鲁君曰：'请与孔子适周。'鲁君与之一乘车，两马，一竖子俱，适周问礼，盖见老子云。辞去，而老子送之曰：'吾闻富贵者送人以财，仁人者送人以言。吾不能富贵，窃仁人之号，送子以言，曰'聪明深察而近于死者，好议人者也。博辩广大危其身者，发人之恶者也。为人子者毋以有己，为人臣者毋以有己。'"孔子自周反于鲁，弟子稍益进焉。

老子和孔子，都是有学问的思想大师。老子与孔子会面的真实情况如何，两处记载让人有些疑惑。两位大学问家、大思想家，于匆匆相见中是"谈心"还是"交锋"？说法种种，确信甚难。《史记》中老子对孔子的"指点"，话说得直截了当，也很不客气，甚至是尖刻刺耳。对孔子的"复古情结"，对孔子的仕途追求，对孔子的志向作为，老子颇有微词，似有成见。

《孔子家语·观周》中，孔子尊老子为师，对孔子和老子这次见面,书中记述得较为详细,几乎是讲了"全过程"。

> 孔子见老聃而问焉,曰:"甚矣,道之于今难行也。吾比执道,而今委质以求当世之君,而弗受也。道于今难行也。"老子曰:"夫说者流于辩,听者乱于辞,如此二者,则道不可以忘也。"

老子还送给孔子几句话:"凡当今之士,聪明深察而近于死者,好讥议人者也。博辩闳达而危其身,好发人之恶者也。无以有己为人子者,无以恶己为人臣者。"这话像是在说许多人,非只针对孔子。孔子"敬奉教"的回应,也很是谦恭。

茫茫人海,时空交错,人与人相见不易。人和人之间即使有缘相见,能把话说到对方心坎上,做到相识相知也很难。孔子和老子的这次相见,究竟说了什么,一定有历史的"原本"。不论《史记》还是《孔子家语》,也不论其他记载,在今天只能是一种参考。

《史记》和《孔子家语》两书的记载,略去过程,仅从老子和孔子的对白看,异多同少,《史记》中有的,《孔子家语》中没有,《孔子家语》中记的,《史记》省略掉了。这里可能会有这种情况:两书记的都是"事实",只是都不全面,各记了一部分，合起来才比较完整。若说《史记》记载有"偏见"，那《孔子家语》的记载也有"遗漏"或"添加"的可能。不管怎么说，两位大师的这次会面与交流，在历史上算得上是大事件，他们对相关话题的探讨，影响深远，余味悠长。

知人

> 对别人的长短处能"看清楚",说明有眼力;用人时知道扬长避短,说明有胸怀。

"水至清则无鱼,人至察则无徒",孔子有弟子三千,其中七十二位得意门生,他没设定"全才"的"进门标尺",以"有教无类"的思想敞开了大门,让每一个人都能享受温暖的大师之爱。在这片师生用心灵营修的精神家园里,师生之情经受着风雨的洗礼。

"知人善任",从来都是一把衡量识才、爱才、用才的尺子。对自己的弟子们,孔子心中有数。《孔子家语·六本》中载:

> 子夏问于孔子曰:"颜回之为人奚若?"子曰:"回之信贤于丘。"曰:"子贡之为人奚若?"子曰:"赐之

敏贤于丘。"曰:"子路之为人奚若?"子曰:"由之勇贤于丘。"曰:"子张之为人奚若?"子曰:"师之庄贤于丘。"子夏避席而问曰:"然则四子何为事先生?"子曰:"居,吾语汝。夫回能信而不能反,赐能敏而不能诎,由能勇而不能怯,师能庄而不能同。兼四子者之有以易吾,弗与也。此其所以事吾而弗贰也。"

从弟子们身上,孔子能找到比自己强的地方,说明孔子的伟大和不凡。知其所长的同时,孔子也知其所短。"夫子见人之一善而忘其百非",这是曾参的一句概括。从子夏和孔子的一番对话来看,孔子对别人的"优点"和"缺点",不是简单的"见"与"不见",而是懂得用人之长。对别人的长短处能"看清楚",说明有眼力;用人时知道扬长避短,说明有胸怀。

"尺有所短,寸有所长"。古今中外,世间之人,"十全十美"、"一无是处"都不存在。天下万事,不论难易,都要有人来干。干成事,不仅需要"大才",也需要"小才";不仅需要"全才",也需要"专才"。用人之长,避人之短,是十分要紧的用人原则。清代思想家、史学家魏源《默觚》中有这么一番话:"不知人之短,不知人之长,不知人长中之短,不知人短中之长,则不可以用人,不可以教人。用人者,取人之长,辟人之短;教人者,成人之长,去人之短也。"相当多的时候,人的长处充分发挥,用足用好了,其身上的短处就难有机会显露甚至相对变小,这是用人上的辩证法。

慎处

喜好与比自己优秀的人相处,能看见别人的长处,善于从中学习受益,自然会不断长进。

《孔子家语》中,有这样一段记载:

孔子曰:"吾死之后,则商也日益,赐也日损。"曾子曰:"何谓也?"子曰:"商也好与贤己者处,赐也好说不若己者。不知其子视其父,不知其人视其友,不知其君视其所使,不知其地视其草木。故曰与善人居,如入芝兰之室,久而不闻其香,即与之化矣。与不善人居,如入鲍鱼之肆,久而不闻其臭,亦与之化矣。丹之所藏者赤,漆之所藏者黑,是以君子必慎其所与处者焉。"

孔子这段评价子夏和子贡的话，寓意深刻。在《论语》中，子夏的名字出现二十次，子贡的名字出现三十八次。在孔子的心目中，子贡、子夏都是自己的"得意门生"，孔子对这两个学生也特别熟悉和了解。

在《论语》中有一段孔子对子贡的评价："子谓子贡曰：'汝与回也孰愈？'对曰：'赐也何敢望回？回也闻一以知十，赐也闻一以知二。'子曰：'弗如也。吾与汝弗如也。'"

通过与颜回相比，孔子点出了子贡的短处。《论语》中子夏说过的话阐明了他对学习的态度："日知其所亡，月无忘其所能，可谓好学也已矣"、"博学而笃志，切问而近思，仁在其中矣"。子夏、子贡的"个性差异"，不是孔子要说的重点。孔子要说的最要紧的，是人应懂得"丹之所藏者赤，漆之所藏者黑"的道理，所以，"君子必慎其所与处者"。

"商也好与贤己者处，赐也好说不若己者"，这样的结果，当然是"商也日益，赐也日损"。喜好与比自己优秀的人相处，能看见别人的长处，善于从中学习受益，自然会不断长进。只愿意与不如自己的人处在一起，久而久之就难于向别人学习借鉴，自然就会走下坡路。孔子拿自己的两个学生举例，是为了告诫更多的人，要懂得损益之道，可谓用心良苦。

五人

> 现实中的人形形色色，既有"质"的不同，又有"量"的区分，纷繁间辨识起来并非易事。

在《孔子家语》中，孔子向鲁哀公讲了人分五种的观点："人有五仪，有庸人，有士人，有君子，有贤人，有圣人，审此五者，则治道毕矣。"

这五种人都是什么样子呢？孔子分别给出了"定位"：

> 所谓庸人者，心不存慎终之规，口不吐训格之言，不择贤以托其身，不力行以自定。见小暗大，而不知所务；从物如流，不知其所执。此则庸人也。
>
> 所谓士人者，心有所定，计有所守，虽不能尽道术之本，必有率也；虽不能备百善之美，必有处也。是故知不务多，必审其所知；言不务多，必审其所谓；行不

务多，必审其所由。智既知之，言既道之，行既由之，则若性命之形骸之不可易也。富贵不足以益，贫贱不足以损。此则士人也。

所谓君子者，言必忠信而心不怨，仁义在身而色无伐，思虑通明而辞不专。笃行信道，自强不息。油然若将可越，而终不可及者。此则君子也。

所谓贤人者，德不逾闲，行中规绳。言足以法于天下而不伤于身，道足以化于百姓而不伤于本。富则天下无宛财，施则天下不病贫。此则贤者也。

所谓圣人者，德合于天地，变通无方。穷万事之终始，协庶品之自然，敷其大道而遂成情性。明并日月，化行若神。下民不知其德，睹者不识其邻。此谓圣人也。

孔子一口气讲清楚了自己对庸人、士人、君子、贤人、圣人的理解和看法，各有把握，似能让所有人"对号入座"。这种划分的最大效用，是在人们的眼前亮出五把"尺子"。不论是自己衡量还是他人评价，都有个参照，目的是指向加强自身修养的正路，让人谨言慎行，知道所作所为最终有个"社会认可度"。

应该说，人的生命轨迹中夹带的丑陋和闪现的光彩，相当大的程度上，不是自己看得清、说了算的，"知己"甚难。而众人的眼睛，于当时，于后世，总是比较客观、全面、准确的。若评价一个人，说究竟算"五人"中的哪一种，答案既复杂也简单。说复杂，对任何人的评价，会有"时评"、"后评"的差异，"定评"时常受到许多因素的影响而显得十分困难。更深一层说，"纯庸人"、"纯士人"、"纯贤人"、"纯君子"、"纯圣人"是不存在的。现实中的人形形色色，既有"质"的不同，又有"量"的区分，纷繁间辨识起来并非易事。同时，人也是会变的，有的人向上提高，有的人向下堕落，不能以一时之评为终身之评。说简单，对任何人的评价，在天下人的心目中，或早或晚，自有公论。

孔子的智慧和见识是超凡的。孔子身处人性的真善美和假恶丑都张扬到极致的政局动荡、思想变革、新旧交替的时代，在他的内心世界里，自有其隐含的不为常人所知的无限深意。

深邃

两千多年后,当回望浩瀚的历史长河上游,隔着岁月的雨雾,对老子,对孔子,对他们的大有大无的思想世界,用"知少识浅"来形容我们实在是十分贴切。

《史记》中,有段孔子评价老子的话:"鸟,吾知其能飞;鱼,吾知其能游;兽,吾知其能走。走者可以为罔,游者可以为纶,飞者可以为矰。至于龙,吾不能知,其乘风云而上天。吾今日见老子,其犹龙邪!"

在孔子心目中,老子像"龙"一样神秘难测。老子属"乘风云而上天"的"龙",把握其所思所想所言所为,是十分困难的事情。由这番评价,想到了《论语》中颜回评价孔子的话:"仰之弥高,钻之弥坚;瞻之在前,忽焉在后。夫子循循然善诱人,博我以文,约我以礼,欲罢不能,既竭吾才,如有所立卓尔。虽欲从之，未由也已。"

颜回是孔子最喜欢的学生。"贤哉，回也！一箪食，一瓢饮，在陋巷，人不堪其忧，回也不改其乐。贤哉，回也"、"语之而不惰者，其回也与"、"吾见其进也，未见其止也"……这些孔子赞扬颜回的话，说明孔子的心和颜回的心是最近的。尽管如此，在颜回心目中，学生离老师还差得太远，学生对孔子思想的所见、所知、所悟，还只是表层和边角。

孔子说老子，颜回说孔子，都不是客套话，也不仅仅是尊重和谦虚。对老子的学说，孔子是很想探知明白的。《孔子家语》中，将老子和孔子的见面过程，叙述得较为详细。从孔子"吾闻老聃博古知今，通礼乐之原，明道德之归，则吾师也"的表白中，能透见其敬重老子的原因。颜回对孔子的敬重之情，也发自内心。孔子的学问、见识深深地吸引着弟子们，而颜回又是最善于学习，最能领会老师意图的学生。老子、孔子生活在同一时空，孔子和弟子们朝夕相处，虽然相距那么近，感知的却是大师心海的深奥和难测。而两千多年后，当回望浩瀚的历史长河上游，隔着岁月的雨雾，对老子、对孔子、对他们的大有大无的思想世界，用"知少识浅"来形容我们实在是十分贴切。

简繁

从一千三百六十二年的漫长岁月里，找到"鉴前世之兴衰，考当今之得失，嘉善矜恶，取是舍非"的精要，唯有用自己宝贵的生命燃起烛光——如所有人一样，这生命只有一次。读《进〈资治通鉴〉表》，会让我们对史坛上的司马光肃然起敬。

史与史书，原本不是一回事。史同大海，史书如一粟，以一粟"见"大海，以一粟"识"大海，以一粟"知"大海，史书肩负重任。尽管只是一粟，因人生不过百年，要尽览、尽知也非易事。读司马光《进〈资治通鉴〉表》，能够感知这位史学家的良苦用心。司马光对宋神宗说："每患迁、固以来，文字繁多，自布衣之士，读之不遍，况于人主，日有万机，何暇周览？臣常不自揆，欲删削冗长，举撮机要，专取关国家兴衰，系生民休戚，善可为法，恶可为戒者，为编年一书，使先后有伦，精粗不杂。"一粟之史书，堆在人的面前，又成"大海"。司马光用十九个春秋，呕心沥血地坚守着自己的志向：把史料中最精要的部分恰当地挑选出来，供治国理政参考。在政坛，司马光与王安石，针锋相对，势不两立。官场失意之际，司马光选择了独特的著史之路："臣既无他事，得以研精极虑，穷竭所有；日力不足，继之以夜。遍阅旧史，旁采小说；简牍盈积，浩如烟海，抉摘幽隐，校计毫厘。上起战国，下终五代，凡一千三百六十二年，修成二百九十四卷。又略举事目，年经国纬，以备检寻，为目录三十卷。又参考群书，评其同异，俾归一途，为《考异》三十卷；合三百五十四卷。"叙说"一千三百六十二年"的事，用了"三百五十四卷"的文字，平均"一卷"对"三年半"，这已经是"繁"中求"简"、去粗取精的选择了。

司马光写有一首《屈平》的诗："白玉徒为洁，幽兰未谓芳。穷羞事令尹，疏不忘怀王。冤骨销寒渚，忠魂失旧乡。空余楚辞在，犹与日争光。"借此诗，司马光在说屈原，也是在说自己。《进〈资治通鉴〉表》中，讲清楚《资治通鉴》一书的概况之后，司马光不免道一番苦衷："臣今骸骨癯瘁，目视昏近，齿牙无几，神识衰耗，目前所为，旋踵遗忘，臣之精力，尽于此书。"司马光这里不是叫苦喊累，他说的是一种

史街回响

状态：从一千三百六十二年的漫长岁月里，找到"鉴前世之兴衰，考当今之得失，嘉善矜恶，取是舍非"的精要，唯有用自己宝贵的生命燃起烛光——如所有人一样，这生命只有一次。读《进〈资治通鉴〉表》，会让我们对史坛上的司马光肃然起敬。

官风

> 建设清廉吏制，一要有体制根基，二要有制度保障，三要有监督外力，四要有惩奖措施，五要有文化氛围，六要有官吏自律。

海瑞生于明武宗正德八年（1514年），卒于明神宗万历十五年（1587年）。因正直清廉、赤胆忠心、勤政为民，朝廷赐予海瑞"忠介"的谥号，给予他"综铨务而议主惩贪，顾法台而政先厘弊"的公正评价。作为著名清官，海瑞在任浙江淳安知县时，发布了一篇《禁馈送告示》，张贴在县衙大门口。这篇告示公布了一项地方法令，禁止地方官吏利用职权收受馈送，违者严厉惩处。告示全文如下：

> 接受所部内馈送土宜礼物，受者笞四十，与者减一等，律有明禁。粮里长各色人等每每送薪送菜，禁不能

止。穷诘所以,盖沿袭旧日风,今日视为常事。且尔等名为奉承官府,意实有所希求。谓之意有希求者,盖亿官府不易反面;而今少献殷勤,他日禀公事、取私债,多科钱粮、占人便宜,得以肆行无忌也。若有美意,则周尔邻里乡党之急可也。官有俸禄,何故继富?与之官,取之民,出其一而收其十,陷井不浅。今后凡有送薪送菜入县门者,以财嘱论罪。虽系乡宦礼物,把门皂隶先禀明后许放入。其以他物装载,把门人误不搜检者,重责枷号。

明嘉靖年间,吏治腐败,贿赂盛行。作为县令,海瑞此举,"破例"的冲击力是巨大的。如此严令,在那个时代大环境中,收效如何,不能作太多奢望。但这则公告,在当时,在此后,在今天,于明日,都产生着影响,其意义深远。官风与官德,对一个社会,不论古今,不论中外,都十分紧要。为政清廉,利国益民;为政不廉,祸国殃民。

不受馈送,海瑞下了决心。淳安县的官署里面有一块空地,海瑞发动大家种植粮食、蔬菜,节省官府的开支。

"柴马俸禄外,以一毫充己用,以一毫市己私,不免即此一毫为亲民殃。门皂胥吏以外,以一人充己役,以一人市己私,不免即此一人为部民害。仅一人一毫,已非居官之正、仁民之道矣。"海瑞曾这样说,以此为贪与廉的界限要求自己。海瑞去世时,苏州吴县人朱良佑前往吊唁,见其家徒四壁,感慨地写下几句诗:"萧条棺外无余物,冷落灵前有菜羹。说与旁人浑不信,山人亲见泪如倾。"建设清廉吏制,一要有体制根基,二要有制度保障,三要有监督外力,四要有惩奖措施,五要有文化氛围,六要有官吏自律。就海瑞所处时代,在封建体制之内,要彻底革除官场弊端,是不可能的。尽管如此,要整饬被视为"常事"的惯例做法,海瑞的勇敢和厉为,仍是千分可贵和万分难得的。

文志

> 讲"序"抒"志",能读见作者的志向和梦想。"形同草木之脆,名逾金石之坚,是以君子处世,树德建言",刘勰的志向,跃然纸上。

南朝刘勰所著《文心雕龙》,堪称古代文艺理论巨著。经一千五百多年,后人研读,要认知书中"深山大泽",仍有许多熟悉中的陌生。

欲读懂弄通全书,须先读书中《序志》一文。讲"序"抒"志",能读见作者的志向和梦想。"形同草木之脆,名逾金石之坚,是以君子处世,树德建言",刘勰的志向,跃然纸上。

刘勰还有自己的梦想:"梦彩云若锦,则攀而采之"、"夜梦执丹漆之礼器,随仲尼而南行"。

从本文中,可看出全书的"建筑结构":"盖《文心》之作也,本乎道,师乎圣,体乎经,酌乎纬,变乎骚:文之枢纽,亦云极矣。若乃论文叙笔,则囿别区分,原始以表末,释名以章义,选文以定篇,敷理以举统,上篇以上,纲领明矣。至于剖情析采,笼圈条贯,摛神性,图风势,苞会通,阅声字,崇替于《时序》,褒贬于《才略》,怊怅于《知音》,耿介于《程器》,长怀《序志》,以驭群篇,下篇以下,毛目显矣。位理定名,彰乎大衍之数,其为文用,四十九篇而已。"

"本乎道,师乎圣,体乎经,酌乎纬,变乎骚"的概括,精准简约,是全书的指引,也是著书本义的宣示。从本文中,显见出刘勰的治学态度:"虽复轻采毛发,深极骨髓,或有曲意密源,似近而远,辞所不载,亦不可胜数矣。及其品列成文,有同乎旧谈者,非雷同也,势自不可异也;有异乎前论者,非苟异也,理自不可同也。同之与异,不屑古今,擘肌分理,唯务折衷。"

"茫茫往代,既沉予闻;眇眇来世,倘尘彼观也",刘勰的"思前想后",在自知自明中看到了时空的硕大久远。

"生也有涯,无涯惟智。逐物实难,凭性良易。傲岸泉石,咀嚼文义。文果载心,余心有寄",文中的"赞曰",是"尾声",又是"序言"。

《文心雕龙》一书,透彻地表明,作者在观文论世方面,修炼到了出神入化的境界。在《知音》中,刘勰写道:"凡操千曲而后晓声,观千剑而后识器。故圆照之象,务先博观。"

在《神思》中，刘勰写道："文之思也，其神远矣。故寂然凝虑，思接千载；悄焉动容，视通万里；吟咏之间，吐纳珠玉之声；眉睫之前，卷舒风云之色：其思理之致乎！""登山则情满于山，观海则意溢于海，我才之多少，将与风云而并驱矣。""若夫骏发之士，心总要术，敏在虑前，应机立断；覃思之人，情饶歧路，鉴在疑后，研虑方定。"这番话，看似在讲写文章的道理，实际上显现的是人生悟见和深邃哲理。

智勇

> "英雄"不是从天上掉下来的,更不是一日成就的。英雄来自平民,没有芸芸众生,英雄便失去了生长、成长的沃土。

刘劭的《英雄》一文,有见地,有气势,值得一读。

刘劭在文中,将英雄"细化"、"细分",形成了自己的一整套"说法"。

首先,是"定位":"夫草之精秀者为英,兽之特群者为雄。故人之文武茂异,取名于此。是故聪明秀出谓之英,胆力过人谓之雄,此其大体之别名也。"

其次,是"分合":"夫聪明者,英之分也,不得雄之胆则说不行。胆力者,雄之分也,不得英之智则事不立。是故英以其聪谋始,以其明见机,待雄之胆行之。雄以其力服众,以其勇排难,待英之智成之。"

第三，是"差异"："若聪能谋始，而明不见机，乃可以坐论，而不可以处事。聪能谋始，明能见机，而勇不能行，可以循常，而不可以虑变。若力能过人，而勇不能行，可以为力人，未可以为先登。力能过人，勇能行之，而智不能断事，可以为先登，未足以为将帅。"

第四，是"实例"："必聪能谋始，明能见机，胆能决之，然后可以为英，张良是也。气力过人，勇能行之，智足断事，乃可以为雄，韩信是也。体分不同，以多为目，故英雄异名。然皆偏至之材，人臣之任也。故英可以为相，雄可以为将。若一人之身兼有英雄，则能长世，高祖、项羽是也。然英之分以多于雄，而英不可以少也。英分少则智者去之，故项羽气力盖世，明能合变，而不能听采奇异，有一范增不用，是以陈平之徒皆亡归。高祖英分多，故群雄服之，英材归之，两得其用，故能吞秦破楚，宅有天下。"

这里，讲到了张良、韩信，讲到了范增、陈平，也讲到了刘邦、项羽，论说的是"智"与"勇"的"分"与"合"。"偏至之材"可以担当"大臣"之任。"智勇双全"的，是刘邦、项羽，是成大器者。但刘邦"英分多"、项羽"英分少"，所以刘邦能"群雄服之，英材归之，两得其用，吞秦破楚，宅有天下。"

最后，是"结论"："然则英雄多少，能自胜之数也。徒英而不雄，则雄材不服也。徒雄而不英，则智者不归往也。故雄能得雄，不能得英；英能得英，不能得雄。故一人之身兼有英雄，乃能役英与雄，故能成大业也。"

刘劭认为"一人之身兼有英雄"，才能"成大业"。

应该说，这虽是一篇"小文"，却是一篇"专论"。文章讲"大才"的素质、才能，且说得有理有据。若再细琢磨，"英雄"不是从天上掉下来的，更不是一日成就的。文章的不足之处，是没有讲"英雄"与芸芸众生的关联。事实上，不论"智"、"勇"，后天的学习、修炼、锻造十分重要。"天生之才"是不存在的，从这一点讲，英雄的成长过程无法省略。英雄来自平民，没有芸芸众生，英雄便失去了生长、成长的沃土。

背景

> 危难时刻，纷乱关头，总有敢于赴汤蹈火的人挺身而出，绽放璀璨而悲壮的生命火花。

欧阳修《王彦章画像记》中，赞颂了王彦章"志虽不就，卒死以忠"的气节。值得注意的，是作者对王彦章所处"时代背景"作了一番分析："五代始终才五十年，而更十有三君，五易国而八姓。士之不幸而出乎其时，能不污其身得全其节者，鲜矣！"

王彦章"义勇忠信出于天性而然"，属于乱世中不多见的"士"。

由《王彦章画像记》，可联想到周敦颐的《爱莲说》。"出淤泥而不染，濯清涟而不妖，中通外直，不蔓不枝，香远益清，亭亭净植，可远观而不可亵玩焉。"周敦颐的结论是："莲，花之君子者也。"

王彦章的背景是"五代乱世"。

莲的背景是池塘里的"淤泥"。

正因为有"五代乱世",王彦章才凸显出"士"的光彩。

正因为有池塘"淤泥",莲才"香远益清,亭亭净植。"

刘知几在《史通·曲笔》中写道:"盖霜雪交下,始见贞松之操;国家丧乱,方验忠臣之节。"由王彦章,人们可想到许多在一定历史背景下的人物:荆轲、晁错、岳飞、于谦、戚继光……危难时刻,纷乱关头,总有敢于赴汤蹈火的人挺身而出,绽放璀璨而悲壮的生命火花。

谪居

> 从王禹偁，到欧阳修，一个写竹楼，一个写醉翁亭，同异之间，展现的是人在遭受贬谪时以山水之乐涤荡胸中积恼的豪迈情怀，是不惧坎坷、矢志不渝的精神力量。

王禹偁的《黄冈竹楼记》写于宋真宗咸平二年（999年）。欧阳修的《醉翁亭记》写于宋仁宗庆历六年（1046年）。对于这一前一后的两篇文章，王安石有一个评价，认为"《竹楼记》胜《醉翁亭记》"。

陶渊明《归田园居》中有"羁鸟恋旧林，池鱼思故渊"之句。王禹偁和欧阳修的"谪居生活"虽不同于陶渊明的"隐居生活"，但心灵深处的感悟里，确有共通的山水情怀和自由境界。

《黄冈竹楼记》是王禹偁被贬黄州时所作，《醉翁亭记》

是欧阳修被贬滁州时所作。两位作者与两篇著名散文，分开来看与合起来看，会让人产生很多联想。王禹偁"谪居之胜概"，来自竹楼，他这样写道："远吞山光，平挹江濑，幽阒辽夐，不可具状。夏宜急雨，有瀑布声；冬宜密雪，有碎玉声；宜鼓琴，琴调虚畅；宜咏诗，诗韵清绝；宜围棋，子声丁丁然；宜投壶，矢声铮铮然：皆竹楼之所助也。"欧阳修写道："环滁皆山也。其西南诸峰，林壑尤美。望之蔚然而深秀者，琅邪也。山行六七里，渐闻水声潺潺，而泻出于两峰之间者，酿泉也。峰回路转，有亭翼然临于泉上者，醉翁亭也。"这是欧阳修心目中的醉翁亭。欧阳修接着写道："醉翁之意不在酒，在乎山水之间也。山水之乐，得之心而寓之酒也。""朝而往，暮而归，四时之景不同，而乐亦无穷也。"

从王禹偁到欧阳修，一个写竹楼，一个写醉翁亭，同异之间，展现的是人在遭受贬谪时以山水之乐涤荡胸中积愲的豪迈情怀，是不惧坎坷、矢志不渝的精神力量。

山高水长，人生苦短。王禹偁和欧阳修，于逆境中对山水的深思长叹，见于文，不止于文，后人读了又读，放不下，忘不了，情在山水之内，理在山水之外。

表里

古今中外，对人对事，对因对果，对成对败，对得对失，对来对去，知"表"易，知"里"难。无数的遗憾和惆怅，都缘于仅知"表"而不知"里"的情形下做出的决断和选择。

《吕氏春秋》载："孔子穷乎陈、蔡之间，藜羹不斟，七日不尝粒，昼寝。颜回索米，得而爨之，几熟。孔子望见颜回攫其甑中而食之。选间，食熟，谒孔子而进食。孔子佯为不见之。孔子起曰：'今者梦见先君，食洁而后馈。'颜回对曰：'不可。向者煤炱入甑中，弃食不祥，回攫而饭之。'孔子叹曰：'所信者目也，而目犹不可信。所恃者心也，而心犹不足恃。弟子记之，知人固不易矣。'"

颜回是孔子最喜欢的弟子。《论语》中，孔子夸赞颜回的话很多，对颜回的仁德、好学，孔子给予了高度的评价，师生间有一种心灵深处的共鸣。孔子曾说过:"吾见其进也,未见其止也。"颜回对老师的评价是:"仰之弥高,钻之弥坚。"颜回死时,孔子伤心不已,连连喊道:"天丧予!天丧予!"《论语》中记载:"颜回死,子哭之恸。从者曰:'子恸矣!'曰:'有恸乎!非夫人之为恸而谁为?'"孔子对颜回的认可,来自朝夕相处,来自漫长旅途,更来自患难与共的危困际遇。"穷乎陈蔡之间"发生的故事,是孔子和颜回彼此知根知底的一次检验。从产生疑惑到化解疑惑,师生间以最巧妙的方法,用了最短的时间。孔子对"眼见为实"有了新的悟见,发出了"信者目也,而目犹不可信"的感叹,还得出了"知人固不易矣"的结论。

"眼见为实",这话没错,但这"见"与"实",又是有层面的。"见"有深浅之分,"实"有表里之别。看见了,可能是外表的东西,未及人物的内心和事物的本质。孔子看见了颜回的"先吃"举动,这是"表";颜回讲出了原因,这是"里"。

古今中外,对人对事,对因对果,对成对败,对得对失,对来对去,知"表"易,知"里"难。无数的遗憾和惆怅,都缘于仅知"表"而不知"里"的情形下做出的决断和选择。

孔子和颜回,已经走了很久。再仔细想想,类似的故事,却还有无数的续篇。

自知

　　人的才能不是从天上掉下来的，更不是别人赐给的，是靠自己的学习和实践培养、造就出来的。"人贵有自知之明。"让别人了解自己，认识自己，"等"不来，"要"不来。

　　《论语》中，有句话重复出现过。《卫灵公篇》载："子曰：'君子病无能焉，不病人之不己知也。'"《宪问篇》中载："子曰：'不患人之不己知，患其不能也。'"两处记载，大同小异，差别在"病"、"患"二字。

　　这句话一前一后出现在《论语》的不同篇目中，且都是孔子"原话"，说明孔子确实这么讲过。一种可能是在不同场合讲的，大意相同而表述不完全一样；另一种可能是在同一场合讲的，经不同学生的记忆，整理时各自表述略有不同。其实，这重复中的差异并不要紧，反而从另外一个层面提醒后人，学生们认为孔子这句话十分重要，万万不可在整理老师的"语录"时遗漏掉了。

人生在世，来去匆匆。衣食之丰欠事小，而碌碌无为事大。要做成一番事业，做些于国于民有益的事，没有志向不行，没有能力也不行。在一些人看来，不是不愿不能做事，是没人知道自己有做事的本领。人一旦总这样考虑问题，就会陷于自怜和苦恼之中。有"伯乐"当然好，"伯乐"有慧眼，会识才用才，但"伯乐"还是外部条件，且可遇不可求。世上人有千千万，而"伯乐"能有多少？如果每个人都等着"伯乐"上门，那就太不现实了。孔子强调的，是人要用自己的努力和作为证明自己行，不要担心别人不知道自己行，要有自强的意志和能力。人的才能不是从天上掉下来的，更不是别人赐给的，是靠自己的学习和实践培养、造就出来的。抓紧时间学习修造，抓住机会砥砺磨炼，人就会拥有干事成事的才能。虽不一定都有"劈山填海"的奇功异能，但一定会做出益国益民的事来。

"人贵有自知之明。"让别人了解自己，认识自己，"等"不来，"要"不来。春来秋去，一晃就是几十年，能闪出光亮的时刻太短暂。对于任何人来说，只有一次的生命，稍纵即逝，只有领悟孔子所讲的君子之道，用自己的内在毅力攻坚克难，努力做到"不忧"、"不惑"、"不惧"，才能从容淡定地绘就理想人生画卷。

记论

> 在史学上,"记"是前述,讲事实,讲经过,重在真实可信,客观实在。而"论"是后评,讲看法,讲见地,重在辩证客观,持论公允。

对历史人物的记述和评价,时常是"记"在前而"论"在后。把苏轼的《留侯论》与司马迁《史记·留侯世家》结合起来读,会有更多的悟见。

司马迁对张良的叙述,是"记"的定位;苏轼对张良的评价,是"论"的深化。

《史记》完成于汉武帝时期,苏轼《留侯论》写于北宋嘉祐年间,相隔千年之后,对张良的认知,又迈进了一大步。《史记》介绍张良,是"从头说起",其过程是完整的。《留侯论》并不全面讲述张良的生平和功业,重点讲透了张良"能忍"这一"过人之节"。

"古之所谓豪杰之士者，必有过人之节。人情有所不能忍者，匹夫见辱，拔剑而起，挺身而斗，此不足为勇也。天下有大勇者，卒然临之而不惊，无故加之而不怒。此其所挟持者甚大，而其志甚远也。"《留侯论》开篇便讲到了"大勇"的非凡。在文尾，专门提到司马迁："太史公疑子房以为魁梧奇伟，而其状貌乃如妇人女子，不称其志气。而愚以为此其所以为子房欤！"从"不称其志气"到"其志甚远"，苏轼用自己的"论"，实现了对张良的一次再认识。

《留侯论》把张良的"能忍"延推到了刘邦的"能忍"。"观夫高祖之所以胜，而项籍之所以败者，在能忍与不能忍之间而已矣。项籍唯不能忍，是以百战百胜而轻用其锋；高祖忍之，养其全锋而待其弊，此子房教之也。当淮阴破齐，而欲自王，高祖发怒，见于词色。由此观之，犹有刚强不忍之气，非子房其谁全之？"

显然，刘邦的"能忍"，是"子房教之"的结果。其实，在《史记·留侯世家》中，"子房教之"的过程都讲到了。苏轼的《留侯论》，则把张良受书圯上老人时的"能忍"到教刘邦"能忍"直接串连起来，完成了"能忍"才是"大勇"的立论。

在史学上，"记"是前述，讲事实，讲经过，重在真实可信，客观实在。而"论"是后评，讲看法，讲见地，重在辩证客观，持论公允。"记"和"论"，一前一后，都是十分必要的。"记"距事发现场、事发时点越近越好，这样会更易把握住珍贵的史料。而"论"则有更大的余地和空间，过了一段时间，换一个角度，反而会有认知上的升华。《史记·留侯世家》和《留侯论》能给我们许多启发。司马迁是史学家，也是文学家。苏轼是文学家，但有史学家的素养，其"史论"的功底也是深厚的。

聚合

不论做什么事,"成事"的积极因素、外部条件、谋略思路、优秀人才等,客观上虽然存在,但更需要聚合之道的引领和主持,实现天时、地利、人和的协同一致。不懂不善聚合,尽管看起来什么都不缺,但依然收拢不起必备的条件,依然成不了事。

方孝孺在《杂诫五章》中写道:"金玉犀贝非产于一国,而聚于一家者,以好而集也。人诚好善,善出于天下皆将为吾用,奚必尽出于己哉。智而自用,不若闻善而服之懿也;才而自为,不若任贤之速也。"古今中外,不论事大事小,要做成事,都不简单。在总结成败根因时,不能忽略了聚合之道这个关键。

对于每个人来说,"有限"的不只是生命,还有智慧、才能。面对"有限"的现实,要做成一些事,尤其是做成一些利国利民的大事，仅靠自己的力量或者少数人的力量是远远不够的，而懂得聚合之道十分紧要。

聚合奇珍异宝，与聚合善美的品德，与聚合智慧、使用人才，道理都是一样的。除了有识宝、识善、识智、识才的眼光，还要有能聚宝、聚善、聚智、聚才的胸怀和能力。对聚合之道，"小懂"小受益，"大懂"大受益。懂得聚合之道，"无"可变"有"，"小"可变"大"，"少"可变"多"，"短"可变"长"，"弱"可变"强"，"低"可变"高"。而不懂聚合之道，"有"可变"无"，"大"可变"小"，"多"可变"少"，"长"可变"短"，"强"可变"弱"，"高"可变"低"。方孝孺的这番告诫，提醒人们，不论做什么事，"成事"的积极因素、外部条件、谋略思路、优秀人才等，客观上虽然存在，但更需要聚合之道的引领和主持，实现天时、地利、人和的协同一致。不懂不善聚合，尽管看起来什么都不缺，但依然收拢不起必备的条件，依然成不了事。

胸怀

"胸有大志",就会在荣辱得失方面作出超越一般的选择,当舍则舍,当放下则放下,而知轻知重,始终懂得什么是最要紧的东西。

仰望浩瀚星空,仔细思量,"大"与"小"都是相对的。《荀子·劝学》中有"不登高山,不知天之高地;不临深溪,不知地之厚也"之句,说的是"比较"。王思任《小洋》中"不观天地之富,岂知人间之贫哉",说的是"比较"。方孝孺《杂诫五章》中"瓮盎易盈,以其狭而拒也;江海之深,以其虚而受也",说的也是"比较"。

学会"比较",人能够走出狭猾,开阔视野,放宽胸怀。欲知天下阔,须登泰山顶。立足山脚下,与站在山顶上,看见的景物是不同的。

"登高望远",在更多的时候,是讲心志和胸怀。"志不立，天下无可成之事。""胸有大志"，就会在行进途中放弃许多枝节，避开许多歧路，奔向既定目标。"胸有大志"，就会在荣辱得失方面作出超越一般的选择，当舍则舍，当放下则放下，而知轻知重，始终懂得什么是最要紧的东西。

苏轼《前赤壁赋》中有"哀吾生之须臾，羡长江之无穷"之句。以"须臾"的人生岁月，还想要做成一些利长远的大事情，必须"胸有大志"，也必须放开眼量。如果心无志向，坐井观天，那就真的会碌碌无为，一事无成。

"比较"是一种境界。知道了"山外有山"、"天外有天"，人就懂得了"任重道远"四字的丰富内涵，就不会满足于"已知"、"已有"，就会不惧怕艰难险阻，能够承受坎坷曲折，做到奋不顾身，勇往直前。

"比较"还是一种方法。在"比较"中，人少短见，放开眼界，会有新的获知，新的体验，新的感悟。有了"比较"的方法，对人对事对物，会有全新的视线、视角、视野，鉴别能力会增强，判断水平会提升。

人生苦短。几十年春秋，不怕穷困，不怕怀才不遇，怕心无大志，怕心胸狭窄。从"瓮盎之量"到"江海之深"，蕴涵着"比较"的学问。

责任

> 说真话的人多了,真话的声音大了,说假话的人就少了,假话的声音就小了。

司马光曾评论初唐名臣裴矩:"裴矩佞于隋而诤于唐,非其性之有变也。君恶闻其过,则诤化为佞;君乐闻其过,则佞化为诤。"

从"佞"到"诤",裴矩实现了自己政治生涯中的重大"转变",随之而来的问题也值得关注。裴矩从隋走到了唐,臣事两朝君王,"佞于隋"而"诤于唐"。在司马光看来,这变化之根源,在于"君恶闻其过"与"君乐闻其过"的不同。

裴矩因时而为,顺势而动,说不了实话说假话,能说实话时再说实话,似不应受到责怪。这个结论,听起来颇有道理。主客观原因中,大的政治环境优劣对于处在从属地位的裴矩来说,是客观真实的存在。这里,最需要观察细究的是裴矩转变前后的内心世界。隋之兴亡，应了"总是战争收拾得，却因歌舞破除休"这句话。隋炀帝"听不进劝告"或"听不到劝告"，虽然结果是一样的，但"过程"不同。"听不进劝告"时，毕竟还有人站出来，据理力争，陈明利害，朝堂之上有"逆耳之言"响起。而"听不到劝告"，则更为危险。君王"听不到劝告"，一是"劝告"被截挡住了，二是没人张嘴说了。显然，隋炀帝遇上了一批像裴矩这样的大臣，他们只说"好听话"，不进"逆耳之言"。

在封建体制下，决策权的恰当运用需要很多因素的推动或制衡，朝臣们当面和书面的谏言建议，就是一个重要层面。直言不讳，有时要付出巨大代价，晁错就是一个例子。但能为国为民把真话说出来，则精神可嘉。说真话的人多了，真话的声音大了，说假话的人就少了，假话的声音就小了。裴矩的本质，"始"与"终"是矛盾的。从"佞"到"诤"，反差巨大。这个反差的背后是隋末与唐初的反差，是隋炀帝与唐太宗的反差。

裴矩的"内心世界"，会有自己的"原本"。这"原本"，或许是外人无法窥知的。时人和后人看裴矩，看他前后的变化，只能是以归唐后的"结果"来判断。不过，当我们为隋的短暂辉煌和瞬间毁灭而扼腕叹息时，不妨想想在历史的悲剧中如裴矩这类人的历史责任问题。

抱负

> 人活一世，当有作为。这作为，不是留下名声，而是留下益世功劳。

黄仁宇先生在《放宽历史的视界》中曾说："当一个国家和一个社会需要全部改造的时候，历史所赋予个人的任务，可以和各个人的观感完全不同。我们个人的胸襟抱负，可能与历史的意义衔接，也可能与之完全相违。很多事情的真意义，要多年之后静眼冷观才看得明白。当时用道德观念粗率解释的事物，日后从技术的观点分析，必呈现很大的差异，其根本不同的地方，则是历史上长期的合理性，前后一贯，源远流长，超过人身经验。"

黄仁宇先生这里讲的，是"千岁之事"与"百年之见"的辩证关系。个人的"百年之见"，再怎么深刻，总有时空上的局限，总是"短暂"中的体验、悟知。而"千岁之事"，毕竟是历史长河，绵延不断地展示出宏大的人间壮剧，曲曲折折，来来回回，反反复复，新新旧旧，由表及里地显现出"事情的真意义"，正是"历史上长期的合理性，前后一贯，源远流长，超过人身经验"。

以百年人生，求千岁真理，志向、志气、志愿彰显着一种超凡精神。不论穷富贵贱，谁都无法长生不老，人生大幕对每个人都有合闭之时，这让每个人于历史长河中显得格外渺小。人活一世，当有作为。这作为，不是留下名声，而是留下益世功劳。而凡留下益世功劳者，自然会为后人惦念、追想、缅怀。"我们个人的胸襟抱负，可能与历史的意义衔接，也可能与之完全相违。"黄仁宇先生此说是提醒人们，既要积极进取，又要懂得进取的方向。

国家和社会的改造，是涉及芸芸众生的大事。政治、经济、社会制度，三大层面的制度延续与更替，均是复杂的历史运动过程。生产力、生产关系及由此衍生的社会架构，取与舍，兴与衰，存与亡，从本质上说，是由天下人心向背决定的。芸芸众生的根本利益和长远利益，维护还是损害，是问题的核心。得天下人之心，可取可兴可存；失天下人之心，必舍必衰必亡。

自醒

人的自醒，是达到"道"的境界的关键。"原人"就是能够找准定位的人。有仁有义的人才能得"道"成"王"。

韩愈的《原人》一文，值得细读：

形于上者谓之天，形于下者谓之地，命于其两间者谓之人。形于上，日月星辰皆天也；形于下，草木山川皆地也；命于其两间，夷狄禽兽皆人也。曰："然则吾谓禽兽人，可乎？"曰："非也。指山而问焉，曰山乎？曰山，可也。山有草木禽兽，皆举之矣。指山之一草而问焉，曰山乎？曰山，则不可。"故天道乱，而日月星辰不得其行；地道乱，而草木山川不得其平；人道乱，而夷狄禽兽不得其情。天者，日月星辰之主也；地者，草木山川之主也；人者，夷狄禽兽之主也。主而暴之，不得其为主之道矣。是故圣人一视而同仁，笃近而举远。

韩愈生于唐代宗大历三年（公元768年），卒于唐穆宗长庆四年（公元824年）。韩愈在复兴儒学、倡导古文运动方面作出了卓越的贡献。在其700多篇诗文论著中，《原人》与《原道》、《原性》、《原毁》、《原鬼》一同被称为"五原"，占有重要位置。可以说，"五原"是其一生中最重要的理论著作，包涵了韩愈的主要哲学思想、政治态度及人生立场。《原人》中讲到"道"的作用："天道乱，而日月星辰不得其行；地道乱，而草木山川不得其平；人道乱，而夷狄禽兽不得其情。"韩愈在《原道》中，对"道"与"德"有一番阐述："博爱之谓仁，行而宜之之谓义，由是而之焉之谓道，足乎己，无待于外之谓德"、"凡吾所谓道德云者，合仁与义言之也，天下之公言也"，韩愈公开声明自己讲的"道德"与老子所言完全不是一回事："老子之所谓道德云者，去仁与义言之也，一人之私言也。"

韩愈这里讲的"道"，与老子"道法自然"的"道"，确实区别甚大。韩愈所讲的"道"，内涵是"仁"、"义"二字，这几乎是儒家思想的根本点。

　　韩愈写《原人》，谈"天"说"地"，目的还是讲"人"。"仁"的对立面是"不仁"，"义"的对立面是"不义"，"不仁不义"就会"不得其为主之道矣"。人的自醒，是达到"道"的境界的关键。人若能够把握好自己的作为定位，就能成为"夷狄禽兽之主"。"原人"就是能够找准定位的人。有仁有义的人才能得"道"成"王"。不论人的外在环境发生怎样的变化，人的仁义的内在、内质、内涵是必需的，唯有如此，人才能成为真正的人，合格的人，主宰万物的人。

向背

为大家办事，让大家都受益，怎么办都会得到拥护；为自己办事，办了事只有自己受益，怎么办都不得人心。这是历史的经验，也是历史的教训。历代成功者和败亡者的轨迹，令人深思。

唐代陆贽《奉天请罢琼林大盈二库状》一文中，有这么一段话："夫国家作事，以公共为心者，人必乐而从之。以私奉为心者，人必咈而叛之。故燕昭筑金台，天下称其贤；殷纣作玉杯，百代传其恶，盖为人与为己殊也。周文之囿百里，时患其尚小；齐宣之囿四十里，时病其太大，盖同利与专利异也。"

陆贽生于公元754年，卒于公元805年。唐德宗即位后，初为翰林学士，后任中书侍郎、同平章事。作为朝臣，陆贽屡番上书，直言不讳，指陈时弊。唐德宗虽有听进去的时候，但相当多的时候，是听不进去的。陆贽的耿直敢言，得到的回报自然是遭谗被贬。

陆贽这番话，点到了四个人物：燕昭王、殷纣王、周文王、齐宣王。这四个人物，在历史上都十分有名。燕昭王和周文王是"正面人物"，殷纣王和齐宣王是"反面人物"，正是有"为人与为己"和"同利与专利"之别，出现了人心向背上的不同结果。"多"与"少"，"大"与"小"，不是问题，关键是为谁"多"为谁"少"，为谁"大"为谁"小"。办一件事，该花费多少钱，该占多少土地，似乎都不重要，关键要看为谁办事，看办事为了谁。为大家办事，让大家都受益，怎么办都会得到拥护；为自己办事，办了事只有自己受益，怎么办都不得人心。这是历史的经验，也是历史的教训。历代成功者和败亡者的轨迹，令人深思。

老子说："圣人无常心，以百姓心为心。"这句话说到了根本上，谋百姓福祉，与百姓同甘苦，官会是百姓称颂的官，政权会是百姓拥护的政权。真切的道理简单如此。《荀子·王制篇》有"君者，舟也；庶人者，水也。水则载舟，水则覆舟。"魏徵《谏太宗十思疏》中也有"载舟覆舟，所宜深慎"之句。纵望数千年，横看十万里，古今中外，虽然时隐时现的云雾总会使视线不那么清晰，但所有的走向与结局，都证明社会发展规律有着令人敬畏的内在刚毅的决定性力量。

赏罚

> 赏与罚，都有"局限性"。从"所及"到"所不及"，从"不足以劝"到"不足以裁"，从"不胜赏"到"不胜刑"，苏轼想告诉人们的，是认清这种"局限性"，把治国安天下的功夫下到仁爱德治上，"以君子长者之道待天下，使天下相率而归于君子长者之道"。

宋仁宗嘉祐二年（1057年），苏轼参加了礼部贡举考试。考场上，苏轼写下了策论，题目是《省试刑赏忠厚之至论》，对赏罚有一番独到的见解。

"赏罚分明"，这句话说得清楚、简单。实际上，对赏罚的作用，要透见要义，又不那么容易。苏轼写道："可以赏，可以无赏，赏之过乎仁；可以罚，可以不罚，罚之过乎义。过乎仁，不失为君子；过乎义，则流而入于忍人。故仁可过也，义不可过也。"在苏轼看来，"过乎仁"与"过乎义"，差别甚大。因而，他认为，仁可过，义不可过。

苏轼在文中写道："古者，赏不以爵禄，刑不以刀锯。赏之以爵禄，是赏之道行于爵禄之所加，而不行于爵禄之所不加也。刑之以刀锯，是刑之威施于刀锯之所及，而不施于刀锯之所不及也。先王知天下之善不胜赏，而爵禄不足以劝也；知天下之恶不胜刑，而刀锯不足以裁也。是故疑则举而归之于仁，以君子长者之道待天下，使天下相率而归于君子长者之道。"

赏与罚，都有"局限性"。从"所及"到"所不及"，从"不足以劝"到"不足以裁"，从"不胜赏"到"不胜刑"，苏轼想告诉人们的，是认清这种"局限性"，把治国安天下的功夫下到仁爱德治上，"以君子长者之道待天下，使天下相率而归于君子长者之道"。

在封建社会，作为臣下，进言规劝常引用"古人"之言，以此作为"古为今用"的"标尺"。苏轼在开篇便有"尧、舜、禹、汤、文、武、成、康之际，何其爱民之深，忧民之切，而待天下之以君子长者之道也"之句。"爱民之深，忧民之切"八个字，揭示了"君子长者之道"的深刻内涵。得赏受罚的，只是一部分人甚至只是少部分人。而对芸芸众生，对天下所有人,仁德的作用更为重要、持久。有了仁爱德治这个基础,再辅之以必要的赏罚机制,就会国泰民安,社会和谐安定。

再看

> 赵翼这次"再看",是有新发现的:从唐代说到宋代,青苗法均有先例。这说明了什么?赵翼有自己的结论:"天下事固有一人行之能为利,天下行之则又为害者。""古来未尝无良法,一经不肖官吏辄百弊丛生,所谓有治人无治法也。"

王安石变法,石破天惊,震动八方。"时评"诋毁多于赞誉,"后评"赞誉多于诋毁。作为后来的史学家,在评价王安石时,当投以历史的眼光,跳出某种"时差"的局限,再看变法的出发点,再看变法的结果,再看变法的深远影响。

赵翼是清代史学家,生于公元1727年,卒于公元1814年。撰写《廿二史札记》,赵翼将考论的内容限定在"古今风会之递变,政事之屡更,有关于治乱兴衰之故者,亦随所见附著之"。该书成稿于公元1800年前后,距王安石所处时代,已过去700多年。按说，对王安石变法的前因后果应该有更清醒的认知了。

赵翼《廿二史札记》中有一篇短文，题目是《青苗钱不始于王安石》。在赵翼笔下，王安石是被贬责的对象。在《王安石之得君》中，赵翼写道："王安石以新法害天下，引用奸邪，更张法令，驯至靖康之难。"当然，赵翼认为宋神宗负有重要责任，"史臣亦谓神宗以好大喜功之资，王安石出而与之遇，宜其流毒不能止。然则非安石之误帝，实帝一念急功名之心自误也"。

这并非为王安石开脱，而是讲不能全怪王安石，赵翼的分析是："安石一出，悉斥为流俗，别思创建非常，突过前代，帝遂适如所愿，不觉如鱼得水，如胶投漆，而倾心纳之。"

"王安石以青苗钱祸天下，人皆知之，然青苗钱之名，不自安石始也。"赵翼打破了许多人的"成见"。

赵翼追寻到了"前朝"："按《通鉴》，唐代宗永泰二年秋七月，税青苗钱以给百官俸。此青苗之始也。《旧唐书》，乾元以来用兵，百官缺俸，乃议于天下地亩青苗上量配税钱，命御史府差官征之，以充百官俸料。永泰二年，侍御韦光裔为使，得钱四百九十万贯。其冬，诏减青苗地头钱，三分取一，遂为常制。每岁特设使者，如崔涣兼税地青苗使，刘晏兼诸道青苗使，杜佑充江、淮青苗使是也。""《通鉴集览》谓，青苗钱者，不以待秋敛，当苗方青即征之也。是唐所谓青苗钱，并与宋制不同，宋制尚有钱贷民而加征其息，唐直计亩加税耳。按唐时长安、万年二县，有官置本钱，配纳各户，收其息以供杂费。宋之青苗钱，正唐杂税钱之法耳。"

赵翼查核到了"本朝"："宋之青苗钱则始于长吏之自为之，本以利民。《宋史·李参传》，参为陕西转运使，部多戍兵，苦食少，参令民自度麦粟之赢余，先贷以钱，俟麦粟熟输之官，号青苗钱。经数年，廪有羡粮。此安石青苗钱之所本也。在参行之，固为善政，然仁宗天圣五年，已特诏罢之，当亦以行之久则弊生耳。至安石，则初知鄞县时，贷谷与民，立息以偿，俾新陈相易，民甚便之。安石操履廉洁，亲施之于一县，民自有利而无害。及登朝柄用，以此事已效于一县，遂欲行之天下，然犹未敢遽行，使苏辙议之，辙历陈其弊，乃不复言。会河北转运使王广廉奏乞度牒为本钱，于陕西漕司私行青苗法，即本李参之术。春散秋敛，与安石意合，于是决然行之。"

赵翼颇有些愤愤不平："世但知宋之青苗法始于安石，而不知李参先私行于下，广廉又奏请于上也。然使听贤吏自行于一州一路，非惟安石能利民，而李参已先有成绩，即广廉亦未必遂至病民也。至著为功令，则干进者以多借为能，而不顾民之愿否，不肖者又藉以行其头会箕敛之术，所以民但受其害，而不见其利。天下事固有一人行之能为利，天下行之则又为害者。况青苗钱虽曰不得过加二之息，而一岁凡两放两收，则其息已加四。有司又约中熟为价，令民偿必以钱，则所定之价又必逾于市价，而民之偿息且十加五六。则并非安石之初法矣，此所以病民也。"

赵翼写道："即如常平社仓，何尝非古人善政？然沿及后世，常平春借秋还，出则克扣，入则浮收，徒供不肖官吏之渔利。社仓听民自为经理，宜更无弊矣。然州县虑司其事者之干没，必岁签殷户承充，于是有得钱卖放之弊；又必岁遣小官稽核，于是有需索馈送之弊。古来未尝无良法，一经不肖官吏，辄百弊丛生，所谓有治人无治法也。"

赵翼这次"再看"，是有新发现的：从唐代说到宋代，青苗法均有先例。这说明了什么？赵翼有自己的结论："天下事固有一人行之能为利，天下行之则又为害者。""古来未尝无良法，一经不肖官吏，辄百弊丛生，所谓有治人无治法也。"

赵翼是有立场的，他不赞成王安石的变法主张；赵翼又是矛盾的，他从三个层面为王安石"说话"，一是将部分责任归咎于宋神宗，二是找出青苗法的"源头"，三是更深一层总结出了"良法"在不同官吏手中运作效用差异甚大。这种"客观"，不论从史学演进的角度，还是从评论一场经济改革得失的角度，都还是有参考价值的。

虚实

> "议论"在史学研究中,并非都是"虚功"。对史家而言,对历史人物、历史事件记叙、勘校、考证、补正、评述都是分内职责。

王鸣盛是清代著名史学家,生于公元1722年,卒于公元1797年,其著作《十七史商榷》被公认为"实用"。钱大昕曾评价:"《十七史商榷》百卷,主于校勘本文,补正讹脱,审事迹之虚实,辨纪传之异同,于舆地、职官、典章、名物,每致详焉;独不喜褒贬人物,以为空言无益实用也。"

读《十七史商榷》,初觉有些"零碎",细读甚觉功夫深厚。一千余条"校勘"与"考订",少则几句话,多则数千言,字字皆辛苦,句句有学问。王鸣盛在序言中写道:"商榷者,商度而扬榷之也","予为改讹文,补脱文,去衍文,又举其中典制事迹,诠解蒙滞,审核踳驳,以成是书,故名曰'商榷'也。"对不同历史人物褒贬评论，王鸣盛也有自己的理由："大抵史家所记典制有得有失，读史者不必横生意见，驰骋议论，以明法戒也。但当考其典制之实，俾数千百年建置沿革了如指掌，而或宜法，或宜戒，待人之自择焉可矣。其事迹则有美有恶，读史者亦不必强立文法，擅加与夺，以为褒贬也。但当考其事迹之实，俾年经事纬、部居州次、纪载之异同、见闻之离合，一一条析无疑；而若者可褒，若者可贬，听请天下之公论焉可矣。"这里，彰显了史学家品德，也透见出史学家治学的严谨。

其实，"议论"在史学研究中，并非都是"虚功"。如《史记》中的"太史公曰"，《资治通鉴》中的"臣光曰"，由表及里，褒贬有度，见解独到，悟识深刻，也能够为更多人带来启发、借鉴。当然，若见识浅薄，甚或持有偏见，这样的"议论"就是多余，甚至是有害无益。对"议论"，要有正确分析，不能不分青红皂白，不能统统归于"虚功"一类。实际上，对于史家而言，对历史人物、历史事件记叙、勘校、考证、补正、评述都是分内职责。赵翼的《廿二史札记》与王鸣盛的《十七史商榷》，有同有异，都是史学名著，都对中国史学研究作出了突出贡献。赵翼的《廿二史札记》对历史人物、历史事件的"议论"就很不少，注重经世致用，且观点鲜明，直抒胸臆，自成一家之言。

说听

> 居高位者愿听、善听，就会形成一种鼓励导向，使人在提建议、出主意时少却顾虑，放心大胆直言。

《剑桥中国隋唐史》中，对魏徵有一个评价："魏徵很少参与实际的行政和决策工作，他并不是作为从事实际工作的政治家而成为当时和后世有代表性的人物。魏徵一直以一个不屈不挠的道德家和无所畏惧的谏诤者而著称；中国人确实认为魏徵是太宗群臣中最杰出的人物。"赵翼在《廿二史札记》中写道："贞观中直谏者，首推魏徵。太宗尝谓徵曰：'卿前后谏二百余事，非至诚何能若是？'又谓朝臣曰：'人言魏徵举止疏慢，我但觉其妩媚耳。'徵以疾辞位，帝曰：'金必锻炼而成器。朕方自比于金，以卿为良匠，岂可去乎？'至今所传十思十渐等疏，皆人所不敢言，而帝悉听纳之，此贞观君臣间，直可追都俞吁咈之盛也。"在《贞观中直谏者不止魏徵》一文中，赵翼举了很多例子。这些例子，足以说明"听"与"说"同等重要。这些例子包括：薛收谏猎；温彦博谏长安令杨纂失察；虞世南谏田猎及山陵之制不宜过厚，谏勿以功高自矜，勿以太平自息；姚思廉谏幸九成宫；高季辅指陈时政得失；戴胄、张玄素谏修洛阳宫；褚遂良谏宠魏王泰太过；等等。

对于下属来说，敢说、会说，除了要有无私无畏的精神，"听"的环境也十分重要。居高位者愿听、善听，就会形成一种鼓励导向，使人在提建议、出主意时少却顾虑，放心大胆直言。"没有包装"或"少包装"的真知灼见，往往如苦口良药，初觉难以接受而能有效治病救人。

唐太宗在位二十三年，与群臣一起携手绘出了贞观之治的壮美画卷。这期间，君臣之间虽然有时也有些龃龉，甚至也有些许直接冲突，但他毕竟"代表了一个文治武功理想地结合起来的盛世"。作为一位愿听、善听者，为天下计，为百姓计，畅通进言之路，唐太宗为历代帝王树立了榜样。唐太宗所以广开言路，与他在用人上拥有正确判断和宽广胸怀直接相关。

《帝范·审官》中载有唐太宗用人的心得："故明主之任人，如巧匠之制木。直者以为辕，曲者以为轮，长者以为栋梁，短者以为栱桷。无曲直长短，各有所施。明主之任人亦犹是也。智者取其谋，愚者取其力，勇者取其威，怯者取其慎，无智愚勇怯，兼而用之。故良匠无弃材，明君无弃士，不以一恶忘其善，勿以小瑕掩其功。"

从这番话，人们能透见唐太宗的胸襟眼界，也能望见盛唐时代的那片辽阔的晴空。

用人

> 对三国之主用人,赵翼以"权术"、"性情"、"意气"作了区分,总的看,是褒刘孙而贬曹。事实却是,三国之中唯以曹魏人才最盛,势头最强。

赵翼《廿二史札记》中有一篇文,题目叫《三国之主用人各不同》。文中写道:"人才莫盛于三国,亦惟三国之主各能用人,故得众力相扶,以成鼎足之势。而其用人亦各有不同者,大概曹操以权术相驭,刘备以性情相契,孙氏兄弟以意气相投,后世尚可推见其心迹也。"

赵翼举列种种事例,阐明自己的这一观点。对三国之主用人,赵翼以"权术"、"性情"、"意气"作了区分,总的看,是褒刘孙而贬曹。对曹操缘何用人,赵翼举了许多例子后评论道:"然后知其雄猜之性,久而自露,而从前之度外用人,特出于矫伪,以济一时之用,所谓以权术相驭也。"

对刘备用人，赵翼称其"一起事即为人心所向"。举刘备托孤例，感叹于刘备对诸葛亮所言"嗣子可辅，辅之；不可辅，则君自取之"。赵翼评论道："千载下犹见其肝膈本怀，岂非真性情之流露？设使操得亮，肯如此委心相任乎？亮亦岂肯为操用乎？惜是时人才已为魏、吴二国收尽，故得人较少。然亮第一流人，二国俱不能得，备独能得之，亦可见以诚待人之效矣。"

对孙权用人，赵翼举陆逊事例，写道："陆逊晚年为杨竺等所谮，愤郁而死。权后见其子抗，泣曰：'吾前听谗言，与汝父大义不笃，以此负汝。'以人主而自悔其过，开诚告语如此，其谁不感泣？使操当此，早挟一'宁我负人，无人负我'之见而老羞成怒矣。此孙氏兄弟之用人，所谓以意气相感也。"

赵翼对曹操、刘备、孙策、孙权，分开看又比较看，尤其是夸赞刘备、孙策、孙权时，都会拿曹操作为"靶子"来贬责几句，通过比较，凸显曹操在用人上的"实用主义"。这反映了赵翼对曹操的成见。事实却是，三国之中唯以曹魏人才最盛，势头最强。

曹操是英雄还是枭雄？众说纷纭中，史学家的评价只是"小众"。种种的传说、演义，戏台上的丑化形象，使曹操在普通人心目中，不止是个实用主义者，还是贪权、残忍的奸臣，是图谋篡汉的奸贼。赵翼这篇短文，对曹操显然评价不高，反映了作者自己对这位历史人物的定位判断和地位认定。

疑瑕

> 从"考异"到"商榷"再到"札记",钱大昕、王鸣盛、赵翼三人史海荡舟,做的是同一件事:考据疑点,知察瑕疵。所不同的,是"议论"的多少,是"视角"的差异。

说到清代史学家,最引人注目的是同处一个时代的"三杰":钱大昕、王鸣盛、赵翼。他们三人的代表作分别是《廿二史考异》、《十七史商榷》、《廿二史札记》。"三杰"中,钱大昕生于公元1728年,卒于公元1804年;王鸣盛生于公元1722年,卒于公元1797年;赵翼生于公元1727年,卒于公元1814年。

"桑榆景迫,学殖无成,惟有实事求是,护惜古人之苦心,可与海内共白。"观察清代史学"三杰",我们会得到一些启发。

史学家于史田里的耕耘，是艰辛而漫长的。史学家"春种秋收"的过程，与"种庄稼"不同，往往不是一年，而是几年甚或几十年，其中艰辛和甘苦，只有自己能深刻知味。钱大昕的著史观是："史非一家之书，实千载之书，祛其疑，乃能坚其信；指其瑕，益以见其美。"王鸣盛在《十七史商榷》中描述了自己著书的状态："暗砌蛩吟，晓窗鸡唱，细书饮格，夹注跳行，每当目轮火爆，肩山石压，犹且吮残墨而凝神，搦秃毫而忘倦。时复默坐而玩之，缓步而绎之，仰眠床上而寻其曲折，忽然有得，跃起书之，鸟入云，鱼纵渊，不足喻其疾也。顾视案上，有藜羹一杯、粝饭一盂，于是乎引饭进羹，登春台，飨太牢，不足喻其适也。"由此，可见史学考据之不易，可见史学家之忘我境界。

从王鸣盛讲述著史的自我状态，联想到清代李泰棻为赵翼《廿二史札记》所写的序。在此序中，李泰棻介绍了赵翼三十年著史的情况："阳湖赵瓯北先生以经世之才，具冠古之识，自太史出守，擢观察，甫中岁即乞养归，优游林下者将三十年，无日不以著书为事，辑《廿二史札记》三十六卷。"

史学著作，如同著史之人，总是有前有后。前史虽成，但后人有评点、批判的机会和条件。承前启后，需要检点前史的得失。从"考异"到"商榷"再到"札记"，钱大昕、王鸣盛、赵翼三人史海荡舟，做的是同一件事：考据疑点，知察瑕疵。所不同的，是"议论"的多少，是"视角"的差异。相比而言，赵翼在"议论"上话说得多，而钱大昕、王鸣盛在"议论"上发挥少。"三杰"努力给后来的读史者指路照明，以"一家之言"给人启发，如钱大昕批驳裴光庭贬台州刺史附会之说，如王鸣盛直言"徐爱不当入恩倖传"，如赵翼认为"王导陶侃二传褒贬失当"，等等。这样"具体"的人物考证、评点，既体现出对"前史"作者的负责态度，又对"前史"的完善做出了贡献。正所谓欲"坚其信"、"见其美"，须去粗留精，去伪存真。

尚志

> 专心致志做学问、成大器者大有人在。司马迁、班固、司马光等史学家就是杰出代表。他们的辉煌业绩缘自排除了许多干扰，忘却身外的孤寂而坚守心灯的暖亮，矢志不移地追寻自己的理想。

《论语·为政》中载："子曰：'吾十有五而志于学。'"《庄子·达生》中也引用了孔子的一句话："用志不分，乃凝于神。"

孔子周游列国，历时十四年。从陈国去蔡国的途中，被围困数日，处于绝粮境地。据《论语·卫灵公篇》载："在陈绝粮，从者病，莫能兴。子路愠见曰：'君子亦有穷乎？'子曰：'君子固穷，小人穷斯滥矣。'"此刻，孔子身边的人，有的病了，有的饿得站不起来了，更有的开始产生了怨言。而孔子以毫不动摇的言行向自己的学生传递出坚定的意志。

宋代文学家王禹在陈州《厄台碑》中，把孔子厄于陈蔡与"天地厄于晦月，日月厄于薄蚀，帝舜厄于历山，大禹厄于洪水，成汤厄于夏台，文王厄于羑里"相提并论。此场大难，是对孔子和他的学生们的严峻考验。孔子周游列国，是失败之旅，也是成功之旅。他的失败，败在当时。他的成功，成在身后。冯友兰在《孔子在中国历史中之地位》一文中曾评论说："孔子又继续不断的游说于君，带领学生各处招摇。此等举动，前亦未闻，而以后则成风气；此风气亦孔子开之。"

公元前497年，孔子开始周游列国，宣扬自己的政治主张，谋求实现治国安邦政治抱负的机会。从54岁出发到第一站卫国，直到68岁返回鲁国，在颠沛流离的旅途中，面对屈辱、冷眼、疾病、饥寒，孔子和他的学生们所以能够坚持走下来，四处碰壁而不改志、不灰心，真正的支撑力量来自崇高的理想和坚强的意志。元代学者虞集有"志无定向，则泛滥茫洋无所底止"之言。人有志气、志向，是做事之始，也是持之以恒做成事的保障。志气、志向从哪里来？心胸开阔十分重要。登高望远，临渊知深。明代学者王守仁曾说："志不立，天下无可成之事。虽百工技艺，未有不本于志者。志不立，如无舵之舟，无衔之马，漂荡奔逸，何所底乎？"专心致志做学问、成大器者大有人在。司马迁、班固、司马光等史学家就是杰出代表。他们的辉煌业绩缘自排除了许多干扰，忘却身外的孤寂而坚守心灯的暖亮，矢志不移地追寻自己的理想。司马光在《进〈资治通鉴〉表》中有这样一段话："伏念臣性识愚鲁，学术荒疏，凡百事为，皆出人下，独于前史，粗尝尽心，自幼至老，嗜之不厌。""臣既无他事，得以研精极虑，穷竭所有；日力不足，继之以夜；遍阅旧史，旁采小说；简牍盈积，浩如烟海；抉摘幽隐，校计毫厘。"正因为司马光有"自幼至老"的追求，才使他能一心一意完成《资治通鉴》这样的鸿篇巨制。

无名

> 无名不是无事，不是无功，无名氏的功绩，可能更为硕大。

有专家认定，中国最早的诗歌总集《诗经》中的作品大抵产生于西周初年至春秋中叶，时间跨度约五百年。孔子的贡献之一，是花心血整理、删订这些诗作，保留诗歌三百零五篇，故而《诗经》又称《诗三百》。

梁启超称赞《诗经》："其真金美玉，字字可信者，《诗经》其首也。"读《诗经》，从诗之源头，到诗之情韵，再到诗之理想，赞赏惊叹其美妙的同时，许多人想知道作者是谁。其实，展现这幅距今两千五百年至三千年的上古社会生活画卷的，大都是无名氏，且不少是黎民百姓。

想想看，世界上是有名的人多还是无名的人多？

人类历史和社会的进步、发展，是千千万万在身后留不下姓名的人创造和推动的，他们才最让人崇敬，而无名氏墓群前的青草和野花，也最为普通和茂盛。人类的历史，实际上正是无名氏的洪流汇成的历史。

无名的人本是有真名实姓的。他们之所以无名，是因为他们太众，也太重，几页白纸，几行黑字，实在是承载不下他们对人类历史进程的贡献。

他们之所以无名，还在于他们把名看得很淡，不是为名而生而活。他们的心灵世界，累加起来的分量，已经是这个世界所无法容积的。

回想历史，可以去想那些为数不多的名人，但是，还应该更多地去想无名的人。无名的人，在生活里可能要平俗一些，实际一些，但江河之中，浪花有限，而洪流滚滚无穷无尽。

无名不是无事，不是无功，无名氏的功绩，可能更为硕大。

无名氏是众生。众生过的日子，是实实在在的日子，是不为名来亦不为名去的日子，更是不为名苦不为名累的日子。无名氏的生活，大抵是最原本的生活。多少万年之前，人类的祖辈们并没有名字，但正是他们，开启了人类历史文明长河的闸门，使初始的涓涓细流，变成了滚滚波涛和浩瀚大海。

无名氏敬佩为大众过上好日子而奋斗、奉献的名人，名人也只有活在无名的大众心中，才会成为经得起岁月冲刷的名人。

秦俑

1974年,陕西临潼西杨村农民打井时,无意挖出了一个陶质的巨人。秦兵马俑由此被发现。

两千多年,沧海桑田,经历苦苦的守候、默默的期待,壮士无语相告,不再说昔日的暴风骤雨,不能说今日的云淡风轻。

谭嗣同在《仁学》中说过:"两千年之政,秦政也。"大秦帝国虽亡,而后其政不息不灭,后人探知根因,颇费思量。大秦帝国的灭亡确属仓促。而秦始皇创建的政体延续两千多年,从这个意义上说,他不愧是封建时代历朝历代的"始皇帝"。杜牧《过骊山作》中写道:"始皇东游出周鼎,刘项纵观皆引颈。削平天下实辛勤,却为道旁穷百姓。黔首不愚尔益愚,千里函关囚独夫。牧童火入九泉底,烧作灰时犹未枯。"杜牧这番描述,是在讲历史过程,也是在讲兴衰之道。

成就大秦帝国的因素很多很多，兵马俑也诉说了一些原委。1974年，陕西临潼西杨村农民打井时，无意挖出了一个陶质的巨人。秦兵马俑由此被发现。秦俑奇观，世人震惊。秦俑千人千面，没有发现同面人。有专家分析后认为，这些陶俑是工匠按照秦朝军队的真人一一塑造的，每个人的模样，每个人的表情，都有原始的模特。这个结论，令人感到震撼：从陶俑脸上显现的情感，能透见怎样一幅宏大的史诗般画卷？

这是一个来自五湖四海的联合阵线：从脸型上看，秦俑们来自东西南北，他们的故乡在不同地域，但却在同一个方阵中为秦王效力，谱写着统一国家的壮烈乐章。当时之秦，兴旺发达，人气十足，正如李斯《谏逐客令》中所言："夫物不产于秦，可宝者多；士不产于秦，而愿忠者众。"

这是一支满怀悲欢离愁的队伍：君不见那位骑手，脸上略带笑容，是望见了硝烟即将散去的曙光吗？君不见那位车夫，眉间尽是惆怅，是因为牵挂家中无人照料的老母吗？君不见那位战士，低头思想着什么，是不忍再看刚刚洒满鲜血的战场吗？

这是一群无言的壮士：他们来自无数个穷困人家，后人无法知道其父亲母亲，其兄弟姐妹；他们好像有许多话要对后人讲，但他们的声音被历史的厚土深深掩藏起来。战鼓雷动，刀砍戟撞，烈马嘶鸣，谁能听到壮士心谷的颤音和回声？

尘封了两千多年，秦俑迎来了四面八方的参观者。两千多年，沧海桑田，经历苦苦的守候、默默的期待，壮士们无语相告，不再说昔日的暴风骤雨，不能评说今日的云淡风轻。目光交集时，彼此是陌生？是熟悉？是故乡人吗？是知音吗？秦俑们的眼中流露出疑惑，让人长思长叹。

古人

> 古人的功德或祸患,一在当时,二在身后。看古人,要讲辩证法,不要冤枉了已经不会说话的古人。

韩愈在《复志赋》中有"考古人之所佩兮,阅时俗之所服"之句。这不仅仅是讲服饰,也是在讲历史的连续性。

认识甚或深识古人,益处大矣。古人的功德或祸患,一在当时,二在身后。总结古人的成败得失,从中找寻经验、教训,收获启发、借鉴,是后人的明智之举。在今天,面对物质的"丰富",要认识甚或深识"前人",相当困难。

古人与后人,差别最大的方面,是精神层面,还是物质层面?

后人读史,试图窥视古人的内心世界,了解古人,理解古人,谈何容易?后人总是要议论古人的,古人的幸运和悲哀也都在这议论上。"雁过留声,人过留名。"雁从天上飞,转眼就不见了，但声音让人听见了；人在世间活，短短几十年，很快烟消云散了，但名字叫后人记住了。

古人被后人记住，原因也不复杂。后人议论古人，可以有长说长，有短说短，有黑说黑，有白说白。

不过，不仅当代人对当代人的评价会有争议，后人对古人的评价也有失准的时候。看古人，同样可以从立功、立德、立言三个方面评说。秦始皇早死了，被不少代人骂过，但又有后人大胆肯定他的历史功绩，曹操、武则天也是这类人。

今人评论"古人"的言行，分析其利弊得失，要有一个科学的"尺寸"。

明代王鏊在《震泽长语·杂论》中有"古人行事，殊非今人所及"之句。古人属于自己的时代。古人做事有当时的环境和条件，通常不容易超越这种环境和条件：就做好事而言，一是当时的种种条件具备了应该做好事的可能，顺势而为做成了；二是在当时的种种条件下，要把事情做好很不容易，是克服了许多困难做成了好事。第一种情况，值得肯定；第二种情况，值得赞誉。总结经验，也重在这第二种情况。古人做的错事也有两种情况，一是本不该错的由于种种主观上的原因做错了；二是当时的种种条件不容易把事情做对，事情确实做错了。前者，不可原谅；后者，可以理解，而查找教训，重在前者。

有一个评判古人的标准：看某一个古人的功过，不是把他或她与后人比，而是把他或她与前人比，只要在某些方面他或她超越了前人，就应该给予肯定。看古人，要讲辩证法，不要冤枉了已经不会说话的古人。

践履

> "天下平"是千万人的梦想,也须千万人共同奋斗。

《礼记·大学》一文内容比一本书厚重。细看去,这中间确大有学问。

《大学》只有几千字,篇幅不长,开篇也直截了当:"大学之道,在明明德,在亲民,在止于至善。知止而后有定,定而后能静,静而后能安,安而后能虑,虑而后能得。"

"大学"是什么样的学问?"明明德"、"亲民"、"止于至善",三个层面,简单又复杂。

《大学》中,有一个"内在的纽带",这就是"治国"、"齐家"、"修身"、"正心"、"诚意"、"致知"之间的"连环式"的关系。这种关系的落脚处是"致知在格物"。《大学》中时而"顺着说",时而"倒着讲","格物而后知至,知至而后意诚，意诚而后心正，心正而后身修，身修而后家齐，家齐而后国治，国治而后天下平。"读《大学》，弄清"格物"二字的内涵与外延，是关键的关键。

《大学》中的"旁引"很多。《诗》最多，"邦畿千里，惟民所止"、"瞻彼淇奥，绿竹猗猗。有匪君子，如切如磋，如琢如磨。瑟兮僩兮，赫兮咺兮。有匪君子，终不可谖兮！"另外，引了些名篇，《康诰》《帝典》《盘铭》《秦誓》《楚书》，皆修身齐家治国安邦之要。"苟日新，日日新，又日新"，"楚国无以为宝，惟善以为宝"，等等。

《大学》里有一句话，说得很辩证："仁者以财发身，不仁者以身发财。未有上好仁而下不好义者也，未有好义其事不终者也；未有府库财，非其财者也。""以身发财"，结局往往要失败，中外例子不少，或人败名败，或人不败名败，或人活着时名不败而死后名败。读《大学》，使人想起了郭沫若对《周易》思想的一句概括："天下同归而殊途，一致而百虑。"

《大学》集合前贤后智，将诸多思想的火花纳入，劝说人们按一定的路子走，不做不仁不义不善之徒，用心良苦。"为人君，止于仁；为人臣，止于敬；为人子，止于孝；为人父，止于慈；与国人交，止于信。"这样的学问，如果能去掉堆砌和生涩，更易读易懂易用，岂不是长益之事？

读《大学》，长学问，还要实干善为。宋代学者朱熹说："为学之实，固在践履。苟徒知而不行，诚与不学无异。""天下平"是千万人的梦想，也须千万人共同奋斗。先人千辛万苦积攒其对人生和社会的理解与体味，面对弥足珍贵的文化遗产，后人中总有视而不见或见而不悟者。千百年来，人间物质上的改善始终突飞猛进，而心灵进化之路实在缓慢悠长。

诗茶

> 作为大自然默契的符码，茶是隐逸静品。茶里茶外，是四季流转的余波，是人生甘苦的回味。诗意茶韵，悠长久远。

《诗经》中有"周原膴膴，堇荼如饴"之句，更有"谁谓荼苦，其甘如荠"之言。不少人认为，《诗经》中所说的"荼"即"茶"。《诗经》所点破的，是朴实的真谛："苦"是茶，"甘"亦是茶。李白《答族侄僧中孚赠玉泉仙人掌茶》中有"常闻玉泉山，山洞多乳窟"、"茗生此中石，玉泉流不歇"、"曝成仙人掌，似拍洪崖肩"、"朝坐有馀兴，长吟播诸天"之赞誉。苏轼《寄周安孺茶》中有"灵品独标奇，迥超凡草木"、"乳瓯十分满，人世真局促。意爽飘欲仙，头轻快如沐"之句。茶也被称为"清友"，姚合品茗诗写道："竹里延清友，迎风坐夕阳。"再往深处想，还有一层神妙：淡亦是茶，浓亦是茶，热亦是茶，凉亦是茶。

茶水无波，其形在静。在千百年，在四海天涯，茶的角色似乎是永恒的，它能看到和听到爱爱恨恨、恩恩怨怨、战火烽烟、沧海桑田。只有茶，于无心间领略着人间的欢乐与痛楚；只有茶，于高堂陋室承受着灿烂夺目的喧闹，也忍受着极度无边的孤独。

茶，甘苦之质，融合清水，虽荡漾在寂寞的影子里，但总有一种磨灭不了的期待：芸芸众生在忙忙碌碌和得得失失中，能不能明白，走了很远，终会发现自己的心其实就在原处。

杯中的茶，丝丝幽香，沁人心底；浅呷轻啜，余味悠长。在诗人眼里，茶如酒，分盏交相举，同饮可共鸣。乐时茶酒，忧时酒茶。白居易诗有"清景不宜昏，聊将茶当酒"，杜耒《寒夜》中有"寒夜客来茶当酒，竹炉汤沸火红初"，这诗人的酒茶之见，何等意境？

拿起茶杯，放下心事。处山寺亭中，仰望天际浮云，执一壶清茶，人可检讨烦恼和忧愁的来由，会顿觉茶之脱俗超凡：其成长，汲取着泥土的芳香，承接着雨露的滋润和阳光的照耀，缀上了岁月的花环；其成品，毅然跃入滚烫的水中，大大方方地挥洒着豪气与激情。

小者是谁,伟者何方?忙乱是谁,从容何物?什么是洞见?什么是愚蒙?一杯茶,似废墟上绽开着的玫瑰,醒目处,闪动着一种明示和召唤。

元稹《一字至七字茶诗》中写道:"茶。香叶,嫩芽。慕诗客,爱僧家。碾雕白玉,罗织红纱。铫煎黄蕊色,碗转曲尘花。夜后邀陪明月,晨前命对朝霞。洗尽古今人不倦,将至醉后岂堪夸。"此诗数十字,内涵大,意境深,读来令人长思。

从古至今,文友来往,雅度简远,茶新墨陈。"幽绿一壶寒,添入诗人料。"作为大自然默契的符码,茶是隐逸静品。茶里茶外,是四季流转的余波,是人生甘苦的回味。诗意茶韵,悠长久远。

山林

> 置身山林,人无法奢华和阔绰。简约的生活,使人领略着不寻常的洒脱、恬淡。月亮就在头顶,星星也在眼帘。月亮和星星,千百年来没有变,真正变化的是人。

欧阳修在《梅圣俞诗集序》中写道:"盖世所传诗者,多出于古穷人之辞也。凡士之蕴其所有,而不得施于世者,多喜自放于山巅水涯之外,见虫鱼草木风云鸟兽之状类,往往探其奇怪。内有忧思感愤之郁积,其兴于怨刺,以道羁臣寡妇之所叹,而写人情之难言,盖愈穷则愈工。"

元好问有《市隐斋记》一文。文中写道:"前人所以有大小隐之辨者,谓初机之士,信道未笃,不见可欲,使心不乱,故以山林为小隐;能定能应,不为物诱,出处一致,喧寂两忘,故以朝市为大隐耳。"这其中的"山林为小隐",讲的是从繁华喧闹生活里躲进山林的隐者。

日月穿梭，时移世易。从树居、穴居，到木屋、泥土屋、砖瓦屋，再到楼房，尽管人类的居住环境在不断改善，但从内心深处，总有一种莫名的回归欲望。原本的山林里，曾有毒蛇猛兽的威胁、侵袭，走出山林是必然选择。而走出山林之后，又怅然若失：告别了大自然，人又离自己心灵深处的那方净土也越来越远。

困顿危难之际，人竟可添智增勇；远离五光十色的尘世，遁入山林，人反而耳聪目明。

置身山林，人会猛然闪现七分睿智。在这里，人可以抹尽平日的夸张和变形，听到自己的心跳，仿佛瞬间磨砺出了一支利箭，在不觉中穿透了厚重的盔甲，击出了无数惭愧。人来人往，熙熙攘攘，尘埃落定的日子毕竟太少，更多的日子，浓酽的生活，夹带着财富坠地扬起的浮尘与光怪陆离的幻象，人容易沉醉在物质的"得"与"失"的围城里。

置身山林，心海微起的波纹与树梢间掠过的微风合奏在一起，生发出万千的联想。

置身山林，人无法奢华和阔绰。简约的生活，使人领略着不寻常的洒脱、恬淡。月亮就在头顶，星星也在眼帘。月亮和星星，千百年来没有变，真正变化的是人。

让人"心乱"的"外物"原本多是人创造的,而身处其中,人又容易失去自我。被"外物"裹围的时候,人"得"中有"失";当"外物"散尽,人"失"中有"得"。"愈穷愈工"的道理,深奥无比。

忽略

> 人类为什么要"忽略"掉一些"枝节"、"杂项",原因一定与前行有关,"包袱"太重,什么都要带上,如何能快步疾走?轻装前行是必然选择。

《敦煌曲子词》中,有首《浣溪沙》:"五里竿头风欲平,张帆举棹觉船行。柔橹不施停却棹,是船行。满眼风波多闪灼,看山恰似走来迎。仔细看山山不动,是船行。"由"动的船"到"静的山",由"眼中物"到"心中景",瞬息变幻,看见的和看不见的,凸显大自然的神奇和壮丽。读上几遍,也使人想到了"忽略"二字隐藏的奥妙。

大自然可谓是"忽略大师"。诗人张若虚写有"人生代代无穷已,江月年年只相似"佳句。"江月"之心胸浩荡,以自己的"不变"看人间的"万变",多少悲欢离合,多少恩怨情仇,几乎是"视而不见","听而不闻"。大自然省去了许多

"人情",却给了人间许多的恩赐:阳光,雨露,江湖,山川,草木,果食……"天若有情天亦老",不老之"江月"看天下人沿水而行,随风而去,似乎毫无情绪起伏。

与大自然比,人类也于纷繁杂芜的生活中,悟出了"忽略"的内含。"忽略不计"这句话就很是深藏不露。实际上,人生不懂得"忽略"二字的要义,可能会耽误许多的路程;如能懂得"忽略",则更显智慧、眼界和胸怀。人类为什么要"忽略"掉一些"枝节"、"杂项",原因一定与前行有关,"包袱"太重,什么都要带上,如何能快步疾走?轻装前行是必然选择。

对"忽略"的是与非,当然也要辩证看。世间很多的事,真正"定论"并不容易:同一件事,近看是大,远看是小;此时看是有,彼时看是无;一些人看是重,另一些人看是轻。何事可"忽略",何事不可"忽略",世间似无标准。"忽略",有当见而不见的,有想见而不能见的,有可见而故意不见的。"忽略"了的东西中,有"忽略"后感到庆幸的,有"忽略"后留下遗憾的。"忽略"几乎是把"双刃剑",有的时候,它给人的是"幸运";有的时候,它给人的是"伤痛"。对"忽略"了的东西,有人视之为珍宝,有人视之为粪土,有人唯恐躲之不及,有人趋之若鹜。在有的人,"忽略"甚至只是一种心境：以此"心境"度天下万物千事，超越了不少烦恼和繁琐，路程可能会通畅和便捷，目标相对变得明晰和接近。

  "忽略"，或许是离"天道"很近而又关联人的修养的选择。正确掌控"忽略"之法，有限的时空会得到充分运用，生命虽依旧如白驹过隙般短暂，但生命之树会绽放出更加美丽的花朵，也会结出更多的硕果。

同船

> "同心同德"是基础。有了这个基础,有人提出建设性的不同意见,做到兼听则明,考虑更周全,方法更得当,措施更有效,就能够乘风破浪,勇往直前。

唐太宗曾与侍臣谈心:"隋日内外庶官,政以依违,而致祸乱,人多不能深思此理。当时皆谓祸不及身,面从背言,不以为患;后至大乱一起,家国俱丧。虽有脱身之人,纵不遭刑戮,皆辛苦仅免,甚为时论所贬黜。卿等特须灭私徇公,坚守直道,庶事相启沃,勿上下雷同也。"

从"面从背言"到"家国俱丧",借总结隋王朝灭亡教训,唐太宗此处想对侍臣讲的,是只求一时唇舌之和会带来灭顶之灾。不同的人,因所处利害关系不同,因知识、见识、眼界、胸怀不同,看人论事,都会有不同的视角,存在"看见"、"看不见"上的差异是肯定的。当一些人"视而不见"的时候，总会有人能"见所未见"。如果明明祸患摆在面前，"看见"的人也同"看不见"的人一样说"没看见"，那就后果堪忧了。当下的圆满，当下的和谐，当下的融洽，恐难持久，很有可能，"见而不言"的人与"视而不见"的人会在惊涛骇浪里同沉一条船。

《论语》中有"君子和而不同，小人同而不和"、"君子周而不比，小人比而不周"之言。茫茫大海里，乘同一条船行进，需要同心同德、同舟共济。人的才智、能力上的差别，不是问题。同甘共苦，同心协力，大家各有用武之地。对危患，若真"看不见"，不当怪责，那就让"看见"的人讲出所见，尤其是讲出险滩、冰山之所在。

良性的社会政治体制，会将众人的才智、能力"加起来"，会让众人的知识、见识、眼界、胸怀"加起来"，事半功倍地把事情办好，且能于过程中攻坚克难，于关键时、转弯处化危为安。

"同心同德"是基础。有了这个基础，有人提出建设性的不同意见，做到兼听则明，考虑更周全，方法更得当，措施更有效，就能够乘风破浪，勇往直前。

士赞

"士"是有知识、有见识的人,"士"可为民亦可为官,"士"谋天下事又心系天下人。"士"可以不做官,可以没有钱财,但不可失去正义的尊严,不可移离应有的品位。

《论语》载:子贡问曰:"何如斯可谓之士矣?"子曰:"行己有耻,使于四方,不辱君命,可谓士矣。"曰:"敢问其次。"曰:"宗族称孝焉,乡党称弟焉。"曰:"敢问其次。"曰:"言必信,行必果,硁硁然小人哉!抑亦可以为次矣。"曰:"今之从政者何如?"子曰:"噫!斗筲之人,何足算也!"

孔子与子贡的一番对话,将"士"分为三等,并与"斗筲之人"作了比较,彰显了"士"的内在品格与魅力。

在《论语》中,孔子反复讲对"士"的认知。孔子说:"士志于道,而耻恶衣恶食者,不足与议也","士而怀居,不足以为士矣。"

说到对"士"的定位，曾子也有几句名言。曾子说："士不可以不弘毅，任重而道远。仁以为己任，不亦重乎？死而后已，不亦远乎？""弘毅"二字，内涵丰富，意指胸怀宽广，意志刚毅。只有这样的人，才能担当大任，而不惧荆棘丛生，路途遥远。

从古至今，一个"士"字蕴含着无穷的正能量。子张也有一句话："士见危致命，见得思义，祭思敬，丧思哀，其可已矣。"

司马迁在《报任安书》中写道："修身者智之府也；爱施者仁之端也；取予者义之符也；耻辱者勇之决也；立名者行之极也。士有此五者，然后可以托于世，列于君子之林矣。"这里，司马迁对"士"的"五种品德"，从多层面作了归纳。对"士"的概念，司马迁由表及里地作了深入注解。

"士"的平凡中的伟大，在古诗中无数次得到赞颂。陶渊明《咏荆轲》中有"燕丹善养士，志在报强嬴"之句，王维《李陵咏》中有"汉家李将军，三代将门子。结发有奇策，少年成壮士"之句。陆游在《读李杜诗》中写道："濯锦沧浪客，青莲澹荡人。才名塞天地，身世老风尘。士固难推挽，人谁不贱贫？明窗数编在，长与物华新。"

"士"是有知识、有见识的人,"士"可为民亦可为官,"士"谋天下事又心系天下人。"士"可以不做官,可以没有钱财,但不可失去正义的尊严,不可移离应有的品位。

天下有"士",危困不惧。

天下有"士",国安家宁。

天下有"士",风清气正。

从蛮荒到现代,经风霜雪雨、刀光剑影,经斗转星移、沧海桑田,人们会问自己:在今日,"士"远去了吗?"士"的精神还在吗?

言行

"听其言,观其行"。看任何人,"说"与"做","言"与"行",总会有客观公正的评判标准。这标准,在相当多的时候,不是写在纸上,而在人们的心中。

《管子·明法解》中说:"明主之择贤人也,言勇者试之以军,言智者试之以官。试于军而有功者则举之,试于官而事治者则用之。故以战功之事定勇怯,以官职之治定愚智。"

准确、恰当地选人用人,在古今中外,都是件大事,也是件难事。"君子不以言举人,不以言废人。"孔子这里说的道理,是经验教训的总结,也充满着辩证法。"说"和"做","言"与"行",不是一回事。由"说得好"到"做得好",检验起来会有个过程。孔子还讲,"君子耻其言而过其行"。"言行一致"是一把标尺,检验的是品德,也是才智和能力。选人用人，准与不准，当与不当，关键看是否选上用上了说到做到、言行一致的人。选上用上这类人，就是善于选人用人；选不上用不上这类人，就是不善于选人用人。"说得好"不见得能"做得好"，"说得多"不见得能"做得多"。常见的情况是，现实中总有一些人，话说得早，事干得迟；或话说得大，事干得小；或话"说得好"，事"干得差"。"言过其实"，是这些人的特质。选人用人，最要防范的，就是"言过其实"的人。"听其言，观其行"。看任何人，"说"与"做"，"言"与"行"，总会有客观公正的评判标准。这标准，在相当多的时候，不是写在纸上，而在人们的心中。用人方面，孔子曾有一个论断："举直错诸枉，则民服；举枉错诸直，则民不服。"这里，孔子是倡导用正直的人，不要用邪曲的人。由此看，在孔子心目中，言行一致、正直的人，是可为官、能为民的人。

《诗经·大雅·板》中有"先民有言，询于刍荛"之语。世间真知灼见，往往来自芸芸众生，来自普普通通的人。在相当多的时候，恰恰是因为身居高位，甚或养尊处优，"悟不到"、"感知不到"天地间、人世间的道涵、义理，而"在旁"、"在边"、"在下"的地方，会有先悟、先见、先知者。

见微

> 作为政治家，最难得的，是善于"见微知著"，在"众人笑而忽之"的时候，看到病象背后的危险，并早施根治的"良方"。

明方孝孺写有《指喻》一文。文中有这么一段叙述："天下之事，常发于至微，而终为大患；始以为不足治，而终至于不可为。当其易也，惜旦夕之力，忽之而不顾；及其既成也，积岁月，疲思虑，而仅克之，如此指者多矣。盖众人之所可知者，众人之所能治也，其势虽危，而未足深畏。惟萌于不必忧之地，而寓于不可见之初，众人笑而忽之者，此则君子之所深畏也。"

"见微知著"这四个字，对于治国理政者来说，至关重要。盛衰兴亡虽为历史之必然规律，但趋利避害、求益舍损，也是人类的本能。

方孝孺还写有《深虑论》十篇，探讨了"长治久安"的问题，其"祸常发于所忽之中，而乱常起于不足疑之事"，确属振聋发聩之言。

做到"见微知著"，其实很难。"千里之堤毁于蚁穴"，这句话把"小"与"大"的关系说明白了。说"见微知著"难，一是"小"甚多，到底哪个"小"背后有"大"？对于任何政治家而言，这都是难题，也是考验。二是"小"不易被察觉。世间万物，满目望去，"大"的一切很快入眼入目，人只有再细致些，再走近些，才能看见更"小"的东西。三是人常有"急功近利"思想，有时候缺乏"耐心"和"远见"。

读《指喻》和《深虑论》，联想明王朝的兴衰，用"远见卓识"来评价方孝孺，十分恰当。"夫祸患常积于忽微，而智勇多困于所溺。"就社会制度的兴衰变化而言，从"至微"到"大患"，会是漫长岁月的渐变。人心的"聚合"和"失散"，也非一朝一夕，会有一个较长的渐变的过程。对任何社会制度的维护和修缮，有最佳的时点，最佳的方法，最佳的路径，"抓住了"和"错过了"，"找准了"和"找错了"，会有不同的结果。作为政治家，最难得的，是善于"见微知著"，在"众人笑而忽之"的时候，看到病象背后的危险，并早施根治的"良方"。

乐本

　　古今中外，关于音乐的思想理论著述林林总总，数不胜数。就中国古代而言，探讨音乐的本质，孔子、荀子、阮籍这三个人，都留下了自己鲜明的烙印。

　　孔子是思想家、教育家，也是音乐家。他对弟子们的教学内容包括"诗、书、礼、乐"。《史记》中还记载了孔子向师襄子学习古琴的故事。《论语·述而篇》载：子在齐闻《韶》，三月不知肉味，曰："不图为乐之至于斯也！"从孔子赞颂舜乐《韶》，到"子与人歌而善，必使反之，而后和之"的习惯，再到孔子"安上治民，莫善于礼；移风易俗，莫善于乐"、"兴于《诗》，立于礼，成于乐"的论述，不难看出，孔子对音乐的重要作用，给予了极高的定位。

　　《论语·八佾篇》中载：子曰："人而不仁，如礼何？人而不仁，如乐何？"这里，孔子正话反说，阐释了自己对音乐本质的认识：没有仁德，难有优美的音乐。

荀子曾写有《乐论》一文。文中写道："夫乐者，乐也，人情之所必不免也，故人不能无乐。""故乐在宗庙之中，君臣上下同听之，则莫不和敬；闺门之内，父子兄弟同听之，则莫不和亲；乡里族长之中，长少同听之，则莫不和顺。""夫声乐之入人也深，其化人也速，故先王谨为之文。乐中平则民和而不流，乐肃庄则民齐而不乱。"

虽然《礼记·乐记》中早有关于音乐的论述，但真正系统专论音乐的文章，首见荀子的《乐论》。荀子赋予音乐"和敬"、"和亲"、"和顺"的重要功能，认为其"入人也深"、"化人也速"，音乐应该"中平"、"肃庄"。荀子甚至还说："故乐行而志清，礼修而行成，耳目聪明，血气和平，移风易俗，天下皆宁，美善相乐。"

到了魏晋时期，又诞生了一篇关于音乐的专论《乐论》，作者是阮籍。文中写道："夫乐者，天地之体，万物之性也。合其体，得其性，则和；离其体，失其性，则乖。昔者圣人之作乐也，将以顺天地之体，成万物之性也。故定天地八方之音，以迎阴阳八风之声，均黄钟中和之律，开群生万物之情。故律吕协则阴阳和，音声适而万物类；男女不易其所，君臣不犯其位；四海同其欢，九州一其节。奏之圜丘而天神下，奏之方丘而地祇上。天地合其德则万物合其生，刑赏不用而民自安矣。""夫雅乐周通，则万物和；质静，则听不淫；易简，则节制全；静重，则服人心：此先王造乐之意也。""乐者，使人精神平和，衰气不入，天地交泰，远物来集，故谓之乐也。"

阮籍谈了自己对音乐的本质的理解。他将音乐归于"天地之体，万物之性"。天地生于自然，万物生于天地，天地自然产生和谐之乐。

古今中外，关于音乐的思想理论著述林林总总，数不胜数。就中国古代而言，探讨音乐的本质，孔子、荀子、阮籍这三个人，都留下了自己鲜明的烙印。综合起来看，相比于庄子的"天籁之音"音乐观，他们三人，都对音乐的教化功能寄予了厚望。这既是音乐的理想，也是理想的音乐。

图书在版编目（CIP）数据

史街回响 / 庹震著. -- 2版. -- 北京：新星出版社，2024.6
ISBN 978-7-5133-5553-7

Ⅰ. ①史… Ⅱ. ①庹… Ⅲ. ①随笔-作品集-中国-当代 Ⅳ. ① I267.1

中国国家版本馆CIP数据核字(2024)第010881号

史街回响

庹震 著

责任编辑	林 琳
责任校对	刘 义
装帧设计	冷暖儿
责任印制	李珊珊

出 版 人	马汝军
出版发行	新星出版社
	（北京市西城区车公庄大街丙3号楼8001　100044）
网　　址	www.newstarpress.com
法律顾问	北京市岳成律师事务所
印　　刷	北京天恒嘉业印刷有限公司
开　　本	787mm×1092mm　1/32
印　　张	7.25
字　　数	121千字
版　　次	2024年6月第2版　　2024年6月第1次印刷
书　　号	ISBN 978-7-5133-5553-7
定　　价	58.00元

版权专有，侵权必究。如有印装错误，请与出版社联系。
总机：010-88310888　　传真：010-65270449　　销售中心：010-88310811